Janne Loy

Wie das Blatt sich manchmal wendet, meine Liebe

Allerlei Zustände

Kurzgeschichten

AF146091

ÜBER DAS BUCH

Neun Geschichten von ungewöhnlichen Beifahrern, einer Spur zu viel Ehrgeiz, ungezügelten Rachegelüsten, sentimentalen Erkenntnissen, unerwiderter Liebe und ein bisschen Mord.

Wie das Blatt sich manchmal wendet, meine Liebe

Allerlei Zustände

Kurzgeschichten

Janne Loy

Impressum

Bibliografische Information der Deutschen Nationalbibliothek:

Die Deutsche Nationalbibliothek verzeichnet diese Publikation in der Deutschen Nationalbibliografie; detaillierte bibliografische Daten sind im Internet über http://dnb.dnb.de abrufbar.

TWENTYSIX – Der Self-Publishing-Verlag
Eine Kooperation zwischen der Verlagsgruppe Random House und BoD – Books on Demand

© 2018 Janne Loy

Herstellung und Verlag:
BoD – Books on Demand, Norderstedt

ISBN: 978-3-740-74544-8

Illustration: Rebecca Südfeld

INHALTSVERZEICHNIS

PHOBIE

Das dreistündige Vorstellungsgespräch in dem Pharmakonzern, in dem sich Maja für den Posten einer Zweitassistentin beworben hatte, war unzweifelhaft hundertmal anstrengender als sie erwartet hatte. Wenn es aber mit dieser 18-Stunden-Stelle klappte, würde sie im Direktionsbüro arbeiten, Projektarbeiten unterstützen sowie für das Vertragsmanagement und alle BackOffice-Prozesse verantwortlich sein. Trotz aller Abgespanntheit verließ sie das Gebäude mit einem übermütigen Gefühl. Man würde sich für sie entscheiden, daran glaubte sie ganz fest. Morgen schon wollte man ihr Bescheid geben. Maja brauchte die Stelle dringend, da sie als Studentin auf zusätzliche Einnahmen angewiesen war. Schließlich musste sie nicht nur ihr Studium, sondern auch ihr neues kleines Apartment und ihr altes Auto finanzieren. Zum Glück unterstützte ihre Mutter sie, wo sie konnte. Ihre Mutter kam auch vorerst für ihre 4-jährige Tochter auf, die bei der Oma lebte und einer belanglosen Eskapade mit einem Unbekannten auf einer öffentlichen Sommernachts-Party entstammte.

Voller Optimismus schwang Maja sich hinein in ihre alte Gurke.

Etwa fünfunddreißig Minuten würde sie über die Autobahn nach Hause fahren müssen.

Ihr Handy begann den Oldie *NIGHTS IN WHITE SATIN* zu spielen, gleich nachdem sie es auf den Beifahrersitz gelegt hatte. Blick aufs Display, auf dem die geilsten Augen der Welt in einem Dreitagebart-Gesicht grüßten. Cedrik.

»Was gibt's, Cedrik?« Sie merkte selbst, das klang nicht allzu nett, so wie sie es sagte.

»Wenn ich störe, kann ich auch wieder auflegen.«

»Nein. Schon ok.«

»Du klingst genervt. Was'n los?«

Maja fühlte sich ertappt bei ihrer Unfreundlichkeit ihm gegenüber, vermied es aber, offen zu sein. »Hatte grad ein stressiges Bewerbungsinterview.«

»Stress hast du ja immer«, kam daraufhin von ihm zurück.

»Ach, findest du?«

»Ja, zu oft.« Und ohne weiter auf das Thema einzugehen, fragte er sofort: »Lust auf serbische Küche, heute Abend? Ich lad' dich ein.«

Maja rollte mit den Augen, pfiff dann leicht durch die Zähne, und es war vermutlich besser, dass Cedrik ihre misstrauische Schnute nicht sehen konnte.

»So. So. Serbisch essen. Und womit kann ich dir danach aushelfen?« entgegnete sie mit einer nicht zu kleinen Portion an Sarkasmus.

Cedrik und sie hatten sich vor drei Jahren an der Uni kennen gelernt. Maja wollte ihr Literaturwissenschaftsstudium unbedingt mit hervorragenden Leistungen bewältigen und hatte an jedem nur erdenklichen Ort ihre Nase in irgendeinem Lehrbuch stecken, bis sie dann eines Tages einsehen musste, dass dieses Studienfach nicht das hergab, was sie sich für ihre Zukunft vorgestellt hatte. Der spätere Wechsel in ein Studium der Pharmatechnologie, Arzneimittelkunde inklusive, war jedoch ein Volltreffer. Einen Volltreffer auf emotionaler Ebene war zuvor jedoch erst recht Cedrik gelungen. Im Gegensatz zu ihrem ersten Studienversuch hatte er in Majas Sinnen sogleich und dauerhaft einen Urknall ausgelöst. Die Art, wie er damals dauernd *Hey, Maja, du Büffelmaus, wie wär's mit ein bisschen Relaxen?* gefragt hatte – so unbeschwert, mit einem sensationell jungenhaften Grinsen –, oder wie er ständig schelmisch seine Lippen etwas vorwölbte, wenn er sie auf liebevolle Weise necken wollte, hatte immer, wenn sie sich trafen, neue Spuren von Zärtlichkeit und Verbundenheit in ihrem Herzen hinterlassen. Das gemeine daran war, dass, egal, von welcher Seite sie die Situation auch beleuchtete, alle Anzeichen dafürsprachen, dass Cedrik in ihr nichts weiter als einen Kumpel wahrnahm. Deswegen entschied Maja sich dafür, ihm gegenüber in diesem – zugegeben wichtigen – Punkt, lieber den Mund zu halten. Anfangs hatten sie manchmal zusammen gelernt, sich hin und wieder über ihre Familien ausgetauscht oder sich auf ein Bier verabredet. Später hatte das deutlich nachgelassen, was Maja kaum aushielt. Ob es sich nur deswegen so verhielt, weil sie das Studienfach gewechselt und dadurch eine Nahtstelle zwischen ihnen gerissen war, oder ob er ihre Gefühle lesen konnte und grundlos befürchtete, sie könnte ihm eines Tages blindlings an die Wäsche springen, stand in den Sternen. Sie hatte ihn natürlich auch nie danach gefragt.

»Aushelfen? Maja, was meinst du?« *Gespieltes Erstaunen.*

»Ich meine das, was ich sage. Aushelfen! Wie immer, wenn du mit mir erst essen oder sonst wohin gehen wolltest. Du beanspruchst doch dafür einen Gefallen von mir, oder wie darf ich die Einladung verstehen?« *Pures Gift.*

»Was soll das, Maja? Wenn du schlechte Laune hast, lass' das bitte nicht an mir aus, okay?« *Eiskristalle in der Stimme.*

»Hab' ich nicht. Im Gegenteil. Ich hab' Aussicht auf einen richtig guten Halbtagsjob neben dem Studium.« Wieder wich sie dem eigentlichen Grund ihrer Ruppigkeit aus.

»Na dann ist ja alles gut.« *Gleichgültigkeit.* »Ich dachte mir, ich ruf' dich mal wieder an, in aller Freundschaft. Wir haben schließlich länger nichts mehr voneinander gehört.«

Verbitterung ließ ihre Stimme höher klingen als gewöhnlich. Dabei wünschte sie sich eigentlich nichts sehnlicher als die Nähe zu Cedrik.

»Freundschaft! Klar, doch. Du rufst mich immer dann an, wenn dir langweilig ist oder du irgendeinen Gefallen von mir erwartest. Ansonsten höre ich nichts von dir.

Oder du sagst, du hast keine Zeit. Oder kein Geld. Seltsame Auffassung von Freundschaft hast du!«

Er sagte daraufhin erst mal nichts. Maja entschied sich, ihn weiter aufzuklären.

»Beim letzten Restaurantbesuch vor einem halben Jahr hast du zum Beispiel von mir verlangt, dass ich meine ehemalige Mitbewohnerin ausspioniere. Du hattest dich als studentische Hilfskraft bei dem lokalen Radiosender beworben. Erinnerst du dich?«

»Klar. Und?«

»Von mir wusstest du, dass Luisa dort arbeitet und die Personalplanungen macht, und du wolltest, dass ich sie nach dem Rang deiner Bewerbung ausfrage. Du hattest dir erhofft, ich könnte sie dazu bringen, dass man *dich* auserwählt. Ich hatte den Eindruck, nur deswegen von dir zum Essen eingeladen worden zu sein.«

»Ach komm, Maja. Das ist paranoid, was du dir da zusammenreimst.«

»Paranoid! Dafür hältst du mich also?« Es war mehr ein Fiepen als ein normaler Ton, der aus Maja herausbrach.

»Ich weiß nicht, was mit dir heute los ist. Du bringst mich dazu, solche Sachen zu sagen. Ich habe nicht angerufen, um mit dir zu streiten. Entschuldige wegen dem *paranoid*. Das habe ich nicht so gemeint. Es tut mir leid.«

Sie lenkte ein. »Das hoffe ich.«

»Ist die sonst eher sanfte Büffelmaus etwa ein biss-chen zickig heute?« Cedrik war jetzt bemüht um einen humorigen Ton.

Wieder fühlte Maja sich ertappt, konnte es aber nicht zugeben und den Grund für ihr sprödes Verhalten schon gar nicht. Verdammt. Sie war wund innen drin. In all der Zeit, die sie Cedrik nun kannte, hatte sie nur von einem Augenblick geträumt, nämlich dem, in dem er sie fest an sich drücken und küssen würde. Und der Idiot hatte sich stattdessen immer rarer gemacht, meldete sich einfach viel zu selten und raffte gar nichts.

»Also, was ist der wahre Anlass, dass du dich dazu herablässt, mit mir auszugehen?«

Er antwortete nicht sofort.

Maja wartete gespannt.

»Ehrlich gesagt ...«, Cedrik geriet ins Stocken, »ich wollte einfach ein wenig mit dir reden. Du glaubst gar nicht, was mir in letzter Zeit so alles passiert ist.«

»Natürlich nicht. Du hast in den letzten Wochen ja nicht mit mir gesprochen.«

»Tut mir leid. Das wollte ich jetzt nachholen. Ich hab' ein Auto gewonnen, einen ganz neuen Renault, stell' dir vor, und ich dachte, ich könnte dich heute Abend damit ausführen.« Die Enttäuschung zwischen seinen Worten war nicht zu überhören und gipfelte in nachfolgendem Schlussakkord. »Aber, Maja, weißt du, mir ist die Lust vergangen. Vielleicht ein anderes Mal.«

Eine Erwiderung ihrerseits war nicht mehr möglich. Cedrik hatte das Gespräch beendet.

Sie ließ die Tränen laufen und startete wütend den Motor. Vielmehr versuchte sie, diesen dazu zu bewegen, einen, irgendeinen Laut, von sich zu geben. Nichts ging. Der Anlasser war nun wahrscheinlich endgültig kaputt, da Maja das gleiche Problem in letzter Zeit schon öfter hatte und ihr Nachbar sie hatte anschieben müssen. Es dämmerte schon und Maja hatte ihr Auto ganz allein auf diesem kleinen Waldparkplatz in der Nähe des Pharmakonzerns geparkt, weil sie noch ein bisschen Luft hatte schnappen wollte, bevor sie in das Bewerbungsgespräch ging. Nervös drehte sie immer wieder den Schlüssel. Keine Chance.

»Mistkarre!« fluchte Maja. Aber das war auch kein Ansporn für diese sture Kiste hier. Also würde sie jemanden anrufen müssen. Da wäre Cedrik nun wirklich eine Hilfe gewesen mit seinem nagelneuen Wagen. Aber ausgerechnet ihn hatte sie soeben vergrault. Amrei, ihre Schwester, fiel ihr ein. Die könnte sie bestimmt abholen. Amrei arbeitete nur an drei Tagen in der Woche und müsste heute Nachmittag zu Hause sein. Maja grub nach ihrem Smartphone, dass sie gerade tief in ihrer Handtasche, die permanent mit allem möglichen Krempel gefüllt war, geschoben hatte, so, als könnte das elende Gefühl, das sie aufgrund des unerfreulichen Telefonates mit Cedrik nun gefangen hielt, einfach verbuddelt werden. Da war da Ding! Endlich. Ein Blick auf den Akku raubte ihr jedoch alle Hoffnungen. Er war leer.

Maja stieg aus dem Wagen, um in der frischen Luft einen klaren Kopf zu bekommen und lehnte sich an den Kofferraum. Als sie von ihrer Armbanduhr wieder aufsah – es war halb fünf – erblickte sie ihn. Perplex sah sie ihn an, mit diffusem Blick, so als würde sie ihn in Wirklichkeit gar nicht sehen. Sie rührte sich sekundenlang nicht, bis der Nackte sich stoisch auf sie zu bewegte. Sie machte einen Schritt zur Seite, um schnellstmöglich wieder in ihrem Auto zu sein, falls nötig.

»Fährst du zufällig über die A 9 Richtung Leipzig und könntest mich ein Stück mitnehmen?« Er sprach ruhig und freundlich, als wenn sein Adamskostüm so selbstverständlich war wie eine Regenjacke bei Wolkenbruch. Seine Augen weiteten sich, als er fortfuhr. »Oder würde es dir etwas ausmachen, mich nach Hause zu fahren, auch wenn du in eine andere Richtung musst?«

Etwa auf Anfang dreißig schätzte Maja ihn. Sein Haar war rotblond, an den Seiten raspelkurz, das Deckhaar zu einem Dutt gebunden. Eigenartigerweise schien der Mann keine Augenbrauen zu haben. Sie schaute genauer hin. Nein, sie waren absonderlich hell, kaum sichtbar. Sie musterte ihn weiter, gebannt und erschrocken zugleich. Die große unförmige Nase erinnerte sie an Kasperle, sein großer Mund rief ferne Erinnerungen an ihren ersten ungenießbaren Kuss mit ebensolchen dicken Lippen wach. Der Mann war groß und muskulös.

Sie antwortete immer noch nicht. Schaute ihm nun direkt wieder ins Gesicht mit einer Mischung aus Tadel, Erstaunen, Neugier. Und auch ein bisschen Angst.

Er hob beschwichtigend beide Hände. »Nein. Keine Panik. Es ist nicht wie du denkst. Ich bin kein Exhibitionist. Auch keiner, der auf eine Vergewaltigung aus ist. Beileibe nicht. Bin bei meiner Freundin vorhin rausgeflogen, nackt, wie du siehst.« Er drehte sich einmal um sich selbst und offerierte Maja sein mit rotblonden dicken Haaren übersätes Hinterteil. »Kleines Beziehungs-Missverständnis«, fuhr er fort. »Lara hat mich im Streit vor die Haustür gelockt und Zack, schlug sie mir die Tür vor der Nase zu. Mein Gezeter hat nichts genützt, deshalb habe ich mich hier in den Büschen verkrochen und das Universum um Hilfe gebeten. Mein Handy hängt noch bei Lara über dem Küchenstuhl, also in meiner Lederjacke.« Er zog die Stirn in Falten und versuchte es mit einem Dackelblick. »Rettest du mich, indem du mich ein Stück mitnimmst, möglichst bis Eisenberg? Da wohne ich nämlich.«

Verdammt! Das konnte nicht sein Ernst sein.

»Ich fahr' in diese Richtung. Ich muss nach Weißenfels. Aber mein Auto springt nicht an. Tut mir leid. Der Anlasser.«

Er schürzte die Lippen, was seinem Gesicht etwas Bedrohliches verlieh. »Sicher der Anlasser? Könnte nicht auch die Batterie kaputt sein?«

»Vielleicht brauche ich auch nur eine neue Batterie. Was weiß ich? Tatsache ist, die Kiste muckst sich nicht.«

»Okay. Das kriegen wir zusammen hin. Ich schieb' dich an. Hast du das schon mal gemacht? Dich anschieben lassen, meine ich.«

Maja wurde flau bei dem Gedanken, nun ausgerechnet auf die Hilfe dieses skurrilen Typen angewiesen zu sein. Aber was blieb ihr sonst übrig? Sie biss sich auf die Unterlippe.

»Klar. Vor ein paar Tagen. Mein Nachbar sagt, es ist eher der Anlasser als die Batterie.«

»Was auch immer. Wir wollen beide von hier weg. Also, setz' dich rein, mach' die Zündung an und leg' den zweiten Gang ein. Am besten, du lässt die Beifahrertür nur angelehnt und das Fenster runter, damit wir miteinander reden können und ich notfalls sofort ins Auto springen kann.«

Maja gehorchte widerwillig. Eine Alternative kam leider gerade nicht des Weges.

»Hast du die Kupplung getreten?« brüllte der Nackte.

»Ja!«

»Gut. Ich schiebe jetzt an.«

Es gab einen kleinen Ruck und das Auto ließ sich zumindest über den leeren Parkplatz führen.

»Jetzt laaaaangsam die Kupplung kommen lassen, hörst du?«

»Ja!«

»Laaaaangsam!«

»Jaaaa!«

WHUUUUUHM! Während der Motor unerwartet sein erlösendes Geräusch von sich gab, überlegte Maja blitzschnell, ob sie den Kerl nun ein Stück mitnehmen, oder ob sie sich nicht besser auf undankbare Art von ihm verabschieden, nämlich so schnell wie möglich davondüsen sollte. Die Frage erübrigte sich allerdings Millisekunden nachdem sie überhaupt Gestalt angenommen hatte. Der Nackte schnappte nach der Beifahrertür und ließ seinen nackten Hintern flugs auf den Sitz gleiten.

»Du musst jetzt längere Zeit fahren. Auf keinen Fall anhalten! Sonst gibt der Motor gleich wieder auf.«

»Ich weiß. Ich nehme jetzt die Umgehung zur A 9 und auf der Autobahn geht's weiter bis zum Hermsdorfer Kreuz. Das sollte dem Motor erst mal reichen. Dort lass' ich dich raus.« Maja versuchte, sachlich und vernünftig zu sprechen, obwohl ihr unwohl war mit diesem Kerl im Auto neben sich.

»Wieso?« Sie spürte seinen erstaunten Seitenblick.

»Sagtest du nicht, du müsstest nach Weißenfels? Da kommst du doch so gut wie an Eisenberg vorbei und könntest mich bei mir zu Hause absetzen?«

»Richtig. Aber ich nehme im Normalfall keinen Fremden im Auto mit.«

»Ok. Verstehe. Aber dies ist kein Normalfall. Ich würde es als Notfall bezeichnen. Mensch, hilf mir doch. Ich kann mich nicht im Blank-Body in einem öffentlichen Verkehrsmittel kutschieren lassen.«

»Ich könnte bei deiner Bekannten vorbeifahren und sie bitten, deine Klamotten herauszugeben.«

»Nein, nein. Lass' gut sein. Die wird sie dir nicht geben. Außerdem darfst du nicht anhalten. Dann verreckt dir der Motor, glaub's mir einfach. Wie schon gesagt, der muss nämlich erst mal ein paar Kilometer machen, damit er nicht ausglüht und du wieder einen Deppen zum Anschieben brauchst.«

Maja schüttelte leicht den Kopf, was ihr nicht einmal bewusst war. Alles in ihr sträubte sich, den Typen bis vor seine Haustür in Eisenberg zu fahren. Er wirkte nicht unbedingt gefährlich, das war es nicht, doch ging etwas anderes von ihm aus, sowas wie Verrücktheit, was sie rappelig werden ließ. Er stellte sich als Björn vor und gab gleich pikante Details aus dem Liebesleben seiner beiden Schwestern zum Besten.

Vielleicht bin ich auch einfach nicht aufgeschlossen genug. Oder zu wenig abenteuerlich veranlagt.

Sie lenkte auf die Zufahrt zur Umgehungsstraße. In ungefähr sechs Minuten würde sie die Autobahn erreicht haben. Sechs Minuten Zeit zum Überlegen, wie sie den Burschen schnellstmöglich wieder loswurde. Sein Natur-Outfit war schließlich nicht ihr Problem, sondern seins.

»Lara, meine Freundin, ist echt nicht mehr zu retten. Egal, was ich sie frage, ihre Antwort lautet meistens gleich, nämlich: *Mir egal*, was so viel heißt, wie *Ent-*

scheide du. Wenn's schief geht, bist du schuld. Ich find'
das zum Kotzen.«

Sein Mitteilungsbedürfnis schien Maja in der augen-
blicklichen Situation unangebracht. *An seiner Stelle*
würde ich mich kleinlaut geben. Er schwatzte unbeirrt
weiter.»Hab' sie tagelang gefragt, wohin sie am liebsten
mit mir in Urlaub fliegen möchte. *Egal.* Wie viel Geld wir
für unseren Urlaub aus unseren Ersparnissen hinblättern
sollen. *Egal.* Zwei oder drei Wochen? *Egal.* Sie liegt
gern am Strand und liest. Also hab' ich's gut gemeint
und einen Luxusurlaub auf *Ishigaki*-jima gebucht....«

»Wo ist denn das?« unterbrach Maja seinen Rede-
schwall, nur um von ihrer inneren Anspannung abzulenken.

»Japan. So 'ne Insel dort. Traumstrand. Nie gehört?«
Maja schüttelte den Kopf.»Nein.«

»Einen Haufen Kohle hab' ich bezahlt und dachte,
wow, dafür gibt's bestimmt eine besonders heiße Num-
mer als Belohnung. Scheiße! Erst als mir meine Gute-
Morgen-Tasse um die Ohren flog und lästernd gegen die
Küchenfliesen klatschte, erkannte ich, dass Lara alles
andere als begeistert war, dass unser gemeinsames
Sparkonto nun komplett leer war. Aber mich immer alles
organisieren lassen. Und hinterher Stress machen. Ver-
steh' mal einer euch Frauen!«

Maja antwortete nicht. Nur wenige Minuten würde sie
bis zur Raststätte brauchen. Da könnte sie anhalten und
den Motor laufen lassen, während er ausstieg.

Die geschwätzigen Lippen des Mannes kannten kein Pardon.

»Wenn wir essen gehen, spielt sich dauernd das Gleiche ab. Sie: *Keine überflüssigen Kalorien bitte.* Also bestellt sie nur Salat und ich ein Mega-Schnitzel mit Pommes und allem Drum und Dran. Beim Essen knuspert sie dann schamlos *meine* Pommes weg. Am liebsten würde ich ihr dabei auf die Finger klopfen.«

Maja sagte auch hierzu nichts, da sie keine Lust auf Konversation mit diesem Björn hatte.

Der hielt sich plötzlich den Bauch. »Ich glaub', ich muss kacken«, fuhr es aus ihm heraus.

Wie?

»Echt jetzt?« Maja spürte einen Kloß im Hals. *Hoffentlich kann er noch bis zum Hermsdorfer Kreuz....*

»Ein paar Minuten noch. Dann sind wir an der Raststätte. Da sind auch Toiletten.«

»Das schaff' ich nicht mehr. Oh, oh. Nein!« Er krümmte sich auf seinem Sitz, während er beide Hände auf seinen Bauch drückte.

Majas Herz schlug bis zum Hals. Was, wenn er hier in ihrem Auto....? Sie fuhr schneller. Übersah das Schild mit dem Hinweis auf die Maximalgeschwindigkeit. Riss erschrocken den Mund auf, als es blitzte.

Verdammt!

»Ei, ei. Wer gerät denn gleich in Panik? Halt dich an die Geschwindigkeitsbegrenzung auf dieser Strecke. Wegen der Anwohner.« Er warf den Kopf in den Nacken und lächelte süffisant. »Dich kann man aber auch schnell ins Bockshorn jagen, was? War nur ein Scherz mit dem Kacken!«

Er lachte laut heraus. »Um dich aus der Reserve zu locken. Weil du auf einmal nichts mehr gesagt hast, Mann.« Die Worte, die laut zwischen seinen dicken Lippen hervorquollen, klebten respektlos im Innenraum ihres Wagens.

Der war ja vollkommen durchgeknallt.

Maja war den Tränen nahe. Sie verdeutlichte ihre Wut mit einem lauten »IDIOT!«

»Na, na, junge Dame! Wer wird denn gleich in die Luft gehen?«

»Ich will mich jetzt nicht weiter mit dir unterhalten.« Die Art, wie sie dies sagte, ließ keinen Zweifel zu, dass sie es ernst meinte.

Björn gähnte, streckte seine Beine lang und fläzte: »Gut, wie du willst.« Er schaute flüchtig nach rechts aus dem Fenster, schwieg ungefähr 2 Minuten und schmetterte los: »Bolle reiste jüngst zu Pfingsten, nach Pankow war sein Ziel ...«

Lieber Gott, warum passiert mir immer so etwas?

»Muss das jetzt sein?« Maja wollte sich am liebsten die Ohren zuhalten, aber sie musste ihre Hände am Lenkrad halten.

»Wenn ich nicht reden darf, singe ich eben. Das Lied von Bolle hab' ich bei den Pfadfindern schon gern gesungen. Ein altes Volkslied. Magst du es nicht?«

»Dein Gesang ist fast schon Körperverletzung! Wenn man das Gekrächze überhaupt Gesang nennen kann. Hör auf damit!«

Unbeirrt tönte der Nackte weiter. »Es fing schon an zu tagen, als er sein Heim erblickt. Das Hemd war ohne Kragen, das Nasenbein zerknickt, das linke Auge fehlte …«

Das könnte dir auch gleich passieren. Maja spürte innerlich einen Sack voller Wut, welcher gerade auf dem Kissen der Verzweiflung in ihrem Bauch kauerte.

»Ich muss mich aufs Fahren konzentrieren können.«

»… das rechte marmoriert. Aber dennoch hat sich Bolle …«

»Wir sind sofort an der Raststätte. Drei, vier Minuten noch. Da steigst du aus!«

»Das kannst du nicht machen.«

»Kann ich.« Maja nickte eifrig, um sich selbst zu bestätigen.

»Super.« Er schüttelte hitzig seinen Kopf. »Erst meine Hilfe in Anspruch nehmen und selbst keine gewähren wollen. Na klasse.« Er sah beleidigt geradeaus.

Maja zog es vor, sich lieber nicht auf eine Diskussion hierzu einzulassen. Klar. Es stimmte. Gerechterweise müsste sie ihm dankbar sein. Wer weiß, wie lange sie dort einsam auf dem Waldparkplatz auf Hilfe gewartet hätte. Der nächste Bahnhof lag eine gute Stunde Fußweg entfernt von diesem Standort. Aber ihr war nun einmal unbehaglich mit einem nackten Blödian. Das einzige, was sie wollte, war ganz schnell die Raststätte zu erreichen, um den Spinner loszuwerden. Wer weiß, von wo der wirklich entsprungen war. Und ob das so stimmte, dass ihn seine Freundin unbefiedert an die Luft gesetzt hat. Endlich erreichte sie den Seitenstreifen, dem sie erleichtert zur Rastanlage folgte. Sie stoppte direkt vor dem Grünstreifen hinter der Tankstellenzufahrt, ließ den Motor aber vorsichtshalber laufen.

»So. Vielen Dank fürs Anschieben. Wirklich. Aber ich hab's eilig. Bitte steig' aus.«

»Du hast sie ja nicht mehr alle. Hier?«

»Ja.«

»Und wo soll ich deiner Meinung jetzt Hilfe oder Unterschlupf finden, so splitternackt?«

»Sorry. Das liegt wirklich nicht in meiner Verantwortung.«

»Das gibt es nicht, dass mir heute zweimal exakt das Gleiche passiert. Zuerst tickt Lara aus. Jetzt spielst du das gleiche Stück noch mal durch und jagst mich hüllenlos nach draußen.«

»Bitte! Raus mit dir!« Maja machte eine Kopfbewegung nach hinten. »Da. Schau mal auf den Rücksitz. Dort habe ich immer für alle Fälle meinen langen Mantel und eine Decke deponiert. Beides schenke ich dir. Damit du nicht ganz ohne Schutz bist, wenn du dich gleich um eine andere Mitfahrgelegenheit nach Eisenberg kümmerst.«

»Und wenn ich sitzenbleibe? Im Ernst jetzt, das kannst du nicht mit mir machen!«

Maja schob den Unterkiefer vor. »Und warum nicht?«

»Warum nicht?!« Er brüllte jetzt. »Wie eben schon gesagt, weil ich dir auch geholfen habe. Dein Verhalten ist brutal.« Er schnappte nach Luft. «Hartherzig und charakterlos. Hast du kein Gewissen?«

»Nicht immer.« Maja fühlte sich nun auch entblößt. Menschlich. Sie fand keine entlastenden Argumente, die ihr seelenloses Gebaren rechtfertigten. So sagte sie nur:

»Wenn du nicht aussteigst, schreie ich.«

Der Nackte sah sie fassungslos an, griff dann nach dem Mantel auf dem Rücksitz. Schnappte nach der Decke. Maja bemerkte, dass seine Augen feucht wurden.

Nicht weich werden!

Dann öffnete er die Beifahrertür. »Also gut.« Er schwang das rechte Bein aus dem Wagen, zog das linke nach, und ohne dass Maja damit rechnen konnte, schnellte sein Oberkörper wie ein Pfeil zu ihr herum. Wie ein Spuk kam es Maja vor, als der Nackte den Autoschlüssel drehte. Das Geknatter des Motors erlosch im Nu.

»Herzlichen Dank für deinen Beistand in meiner Situation«, sagte Björn in spöttischer Manier, als er sich, ohne sich noch einmal nach der vor Schreck betäubten Maja umzusehen, davon machte.

Ich träume wohl. Au backe, besser wär's.

Sie befreite sich nach ein paar Minuten aus ihrer Verzweiflungsstarre und versuchte, den Motor zu starten. Vergeblich. Was hatte der Mann vorhin noch bemerkt? *Das gibt es nicht, dass mir heute zweimal exakt das Gleiche passiert.*

Ha. Nicht nur dir!

Maja stieg aus dem Wagen. Genau wie vorhin auf dem Waldparkplatz lehnte sie sich abermals für ein paar Minuten an den Kofferraum, um in der frischen Luft einen klaren Kopf zu bekommen.

»Wie weit fahren Sie, schöne Frau?«

»...?«

Silbergraue Augen, deren Pracht durch einen frostigen Schein getrübt wurde, blickten ihr ins Gesicht. Sie gehörten zu einem jungen Adonis. Sein dunkles, bis knapp über die Ohren reichendes Haar war wild gestylt, sein Dreitagebart, wie bei Cedrik, megasexy. Er trug eine verwaschene Jeans, ein taubenblaues Shirt und einen dunkelblauen Sakko. Und mochte etwa in ihrem Alter sein.

»Warum interessiert Sie das?« fragte Maja verstört.

»Kleines Problem meinerseits.«

Er machte eine Pause, die die Wichtigkeit seiner Antwort betonen sollte. Als Maja nichts erwiderte, redete er weiter.

»Meine Eltern haben mich hierher gefahren, weil ich an diesem Ort von jemandem abgeholt werden sollte. Über eine Online-Mitfahrzentrale hatte ich eine Fahrt zum Flughafen Leipzig gebucht. Die Fahrerin schreibt mir jetzt plötzlich eine Nachricht, dass sie nicht mehr fährt.« Er seufzte. »Also, muss ich sehen, wie ich jetzt von hier zum Flughafen komme. Mein Flieger geht um 23.00 Uhr.«

»Verstehe.« Maja gefiel sein Mut, sie zu fragen und erst recht seine Stimme. »Bis Weißenfels kann ich Sie mitnehmen. Würde Ihnen das weiterhelfen?«

»Erst mal, ja. Natürlich. Dort gibt es sicher eine Verkehrsverbindung.«

»Gut. Dafür müssen Sie mich anschieben. Mein Motor gibt hin und wieder den Geist auf. Wie jetzt gerade.«

»Die Batterie?«

»Keine Ahnung.« Maja erzählte von ihrer Not auf dem Waldparkplatz und der Situation mit dem nackten Mann.

»Krass.« Der Beau war merklich amüsiert.

Nachdem er seinen Rucksack auf Majas Rückbank verstaut hatte, sah Maja ihn auf zwei LKW-Fahrer zulaufen, die plaudernd vor ihrem Laster standen. »Würde es Ihnen etwas ausmachen, meine Freundin und mich kurz anzuschieben.«

Also nahm Maja erneut auf dem Fahrersitz Platz, um, wie heute schon einmal, die Zündung zu betätigen und den zweiten Gang einzulegen. Der junge Beau setzte sich neben sie, während einer der LKW-Fahrer hinter ihrem Auto rief: »Let's go!«

Lange brauchte der Motor nicht, um wieder auf Touren zu kommen und Maja setzte ihre Fahrt auf der A 9 fort, diesmal mit ausgewechselter Begleitung.

Anders als erwartet, sprach der junge Mann kaum. Majas Fragen nach seinem Namen oder Wohnort beantwortete er äußerst knapp.

»Lars. Aus Erfurt.«

Auch wollte er über sie nichts wissen, nur ihren Namen. Majas Frage, wohin er denn fliegen würde, ignorierte er, indem er fragte, ob er rauchen dürfe.

»Nein. In meinem Auto nicht.«

Daraufhin schwieg er vollends. Maja gab enttäuscht auf. Bis zur Abfahrt Weißenfels fuhren sie stumm weiter. Maja musste zuerst ein winziges Stück über die B 91 fahren, um über die nächste Bundesstraße direkt nach Weißenfels zu gelangen. Sie setzte soeben den Blinker, als sie etwas Hartes an ihrer rechten Hüfte spürte.

»Du biegst nirgends ab. Fahr weiter, wie ich's dir diktiere.« Seine Stimme klang hart und abgebrüht, als er den Befehl erteilte.

Majas Körper begann unwillkürlich zu zittern. Mit einem schnellen Blick zur Seite hatte sie erkannt, was da an ihrer Hüfte klebte.

»Ich will die Pistole nicht benutzen müssen, Kleines. Mach einfach, was ich dir sage.«

Um ihretwegen fühlte Maja keine Angst. Diese konzentrierte sich auf ihre kleine Tochter. *Mein Gott. Sie darf mich nicht verlieren!* Sie war zurzeit keine gute

Mutter, das war ihr durchaus bewusst, aber sie liebte die kleine Leonie und wollte erst ihr Studium beenden und sich später allein oder zusammen mit ihrer Mutter oder einem Mann, der zu ihr stand, um das Kind kümmern.

»Was willst du von mir?« fragte Maja mit bebender Stimme.

»Halt den Rand bis du es erfährst. Und fahr.« Lars oder wie immer er tatsächlich heißen mochte, zappelte mit der Waffe an ihrer Hüfte herum. Sie wusste um keine Alternative und gehorchte. Sie überlegte kurz, den entgegenkommenden Fahrzeugen mit einem Blick oder Handzeichen ein SOS zukommen zu lassen, aber das war kaum aussichtsreich. So fuhr sie mit wild klopfendem Herzen stumpf die Bundesstraße entlang, so wie er es wünschte. Es wurde recht böig draußen. Sie fuhr nicht gern, wenn der Wind so tobte, doch das war gerade nicht das Problem. Nach einer knappen, wortlosen Stunde voller Furcht und Verwirrung lenkte sie ihren Wagen auf Anweisung ihres Fahrgastes um den Bahnhof in Halle herum in eine enge Querstraße. Dort zwang er sie, auf einen Hof zu fahren, der mit zahlreichen Linden bepflastert war. Unter einem dieser Bäume hielt sie an. Weit und breit sah sie keinen Menschen.

»Steig aus.« Der Klang seiner Stimme ließ keinen Raum für Widerstand. Sie verließ apathisch den Wagen, spürte plötzlich die Pistole nicht mehr, da der Mann rasch auf der Beifahrerseite aus dem Auto kletterte.

»Wo sind wir hier?«

Von der anderen Seite des Wagens nahm sie statt einer Antwort nur sein seltsam böses Lächeln wahr. Und rannte los. Erreichte mit Mühe eine Anlage mit Mülltonnen hinter dem kleinen Fachwerkhaus, welches sie erst jetzt registrierte und kroch in einen Spalt hinter den Tonnen und der Hauswand in der Hoffnung, dass er sie in der inzwischen herabgefallenen Dunkelheit nicht finden würde. In der Ecke spürte sie den Wind wie eine sanfte Liebkosung. Sie fühlte sich für Sekunden beschützt und verbunden mit ihm, bis sie Schritte und ein dröhnendes Gelächter hörte.

»Komm' raus da. Zügig!« Der Funken Hoffnung, ihm zu entkommen, krachte auf ihr zusammen. Er hatte sie aufgestöbert. Es war zwecklos. Über eine der größeren Tonnen erspähte sie trotz der Dunkelheit den Knauf seiner Pistole. Folgsam verließ sie ihr Versteck.

»Voran! Mach nicht wieder so einen Scheiß!« Er schubste sie die Treppenstufen hinauf in Richtung Hauseingang, hielt ihr die Pistole an den Hinterkopf und schloss auf.

Das Haus war klein. Es hatte keine Diele. Sie betraten gleich einen hohen Raum, der rundum mit Regalen voller Bücher bestückt war. In der hinteren Ecke des Zimmers gab es einen langen Holztisch. Auf dem Boden verteilt kauerten verschiedene große bunte Sitzsäcke.

Maja registrierte, wie der Mann die Tür hinter sich abschloss. Dann beugte er sich – immer noch die Pistole an Majas Kopf – hinunter und stapelte mehrere der Sitzsäcke über- und nebeneinander.

»Deinen Autoschlüssel. Los. Und hock dich da drauf. Mach schon!« befahl er scharf.

Maja tat, was er sagte, überreichte ihm ihre Schlüssel und blickte sich mit ängstlich-forschendem Blick um. Sie saß direkt vor einem der deckenhohen Bücherborde. Er beugte sich zu ihr herunter, die Pistole immer noch auf ihren Kopf gerichtet.

»Alles Bücher von meinem alten Herrn. Ihm gehört ein Antiquariat und ein Buchhandel, der auf französische und spanische Literatur spezialisiert ist. Was er zu Hause nicht lagern kann, lädt er hier ab.« Sie hatte keine Erklärung von ihm verlangt und schon gar keine erwartet.

»Ok. Und warum lädst du *mich* hier ab?« Maja nahm all ihren Mut zusammen und wagte die Frage, suchend nach Klarheit, nach dem Sinn dieser Aktion.

Sein teuflisches Grinsen sprang ihr ins Gesicht, umarmte die Aussichtslosigkeit ihrer Lage. »Ich steh' auf Dunkelhaarige. Auf so rassige Weibsbilder wie dich. Du riechst gut. Hast du dir Patschuli hinter die Ohren getupft?«

Die Verzweiflung kroch Maja in den Magen. Sie verspürte Übelkeit und antwortete nicht.

»Hab' ich dich nicht gerade etwas gefragt?« Eine gefährliche Röte bemächtigte sich seines Halses.

»Ja. Patschuli, hinter den Ohren«, sagte sie verzagt und wie betäubt.

»Ein schöner Duft.« Er kam ganz nah an ihr Haar, streichelte es sanft und pustete sacht auf das rechte Ohrläppchen. »Aaah.« Er sog den Duft ein. »Wunderbar. Wenn du lieb bist, lege ich die Pistole weg.« Tatsächlich warf er die Waffe von sich, um dann in Sekundenschnelle Majas Arme zu packen und diese über ihrem Kopf ans Regal zu drücken. Sie hatte keine Chance gegen ihn. Er schaute ihr neckisch, aber mit einem Anflug von Gefährlichkeit in die Augen. »Maja, schöne Frau, Patschuli ist gut, aber ich möchte auch deinen Ur-Duft an anderen Stellen deines Körpers riechen.«

Maja versuchte, Zeit zu schinden. »Machst du das immer so mit Frauen? Ich meine, sie hierher entführen und ...« Sie verstummte. Er ließ sie los und schlug ihr ins Gesicht. »Das geht dich nichts an, was ich mit Frauen sonst so mache.«

Maja fasste sich reflexartig an die Wange. Sie traute sich nicht, zurückzuschlagen. Da hatte sie sich zuvor von einem unbekleideten skurrilen Menschen derart in Panik versetzen und in die Irre führen lassen, dass sie ihn einfach ausgesetzt und gegen einen wahren Verbrecher eingetauscht hatte. Sie hatte sich nie viel Menschenkenntnis zugedacht. Wer das tat, war ein Aufschneider, kein Menschenkenner, denn der erste Eindruck täuscht fast immer. Davon war sie im Grunde ihre Herzens überzeugt. Aber auch sie hatte sich von Äußerlichkeiten in einer Notsituation in Bezug auf Björn blenden lassen.

Und das hier habe ich jetzt davon! Das erste Auftreten eines Menschen täuscht so häufig, aber man will es nicht wahrhaben. Wir sehen nur die Kleidung, die Haare, die Zähne, die Körpersprache und erkennen dann nur das darin, was unserer eigenen Lebensanschauung, unseren eigenen Vorurteilen entspricht. Sie war noch in der Lage, klar zu denken – noch.

»Ahnst du schon, was ich gleich mit dir tun werde?« fragte er mit einer hinterhältigen Nuance und stemmte wiederum ihre Arme nach oben.

Maja reagierte nicht auf seine Frage. Stattdessen ging sie wie in Trance die Buchtitel durch, die das rechts von ihr befindliche Regal ihr ins Auge schmiss. Um sich abzulenken, um nicht daran denken zu müssen, was der Typ da gleich mit ihr anstellen könnte. MUJERES IN LA VIDA DI GARCÍA LORCA, LUIS GARCÍA MONTERO: NO ME CUENTES TU VIDA, CARLOS ARNICHES BAND I-IV ...

Maja waren viele der Werke und Autoren nicht fremd. Schließlich kannte sie sich durch ihr vorausgegangenes Studium aus, was spanische Literaten betraf. Sie erfasste unwillkürlich die Titel einer Reihe weiter oben. Sechs verblichene Bände: JUAN GIL-ALBERT: OBRA POÉTICA COMPLETA, ADIÓS A LAS NOVIAS, UNA VIDA INESPERADA, MI AMOR EN VANO, GENTE QUE VINO A MI BODA ...

Der Mann machte sich jetzt an ihrem Shirt zu schaffen. Griff grob darunter, umfasste ihren BH. Ihr Atem ging schneller, jedoch nicht vor Erregung. Eine Heidenangst ließ sie zum Tier werden. Sie griff barsch in sein Haar, fasste voller Panik in seinen Schopf und... riss ihm schwungvoll das Toupet herunter. Zu Tage kam raspelkurzes strohblondes Haar. Überrascht ließ er von ihr ab. Seine Augen verrieten, dass er sich nicht sicher war, was nun zu tun sei.

»Na warte«, brüllte er Maja an. Er entriss ihr das Toupé, schmetterte es irgendwohin in diesen Raum der Furcht und drückte eine Hand so fest auf ihren Bauch, dass sie glaubte, sich spontan übergeben zu müssen. Vielleicht wäre Erbrechen gut gewesen, um dieser Situation hier für einen Moment entfliehen zu können, aber bedauerlicherweise funktionierte es dann doch nicht.

Er ließ sich nicht lange aufhalten, rückte nun ganz nah an sie heran. Probierte, ihr seine Zunge in den Mund zu stecken. Sie grub mit aller Kraft ihre Fingernägel in seine Wangen und kratzte, so fest sie es vermochte. Im Gegenzug schlug er ihr wiederum ins Gesicht, während Maja verwundert die Attrappe von seinem Dreitagebart in den Händen hielt.

Während der Kerl sich mit der freien Hand an seiner Jeans zu schaffen machte, nahm Maja dieses nur am Rande wahr, vielmehr konzentrierte sie sich stattdessen auf die Bücher in den die komplette Wand einnehmenden Regalen, um ihrer Seele mit anderen Eindrücken

Kraft zuzupumpen. Ein dicker antiker Prosaband von CERNUDA sprang ihr ins Auge, zwei Bände: SALE DE ESPERA VON MAX AUB. DE QUEVEDO: POESÍA ORIGINAL COMPLETA; MIGUEL DELIBES: OBRA COMPLETA, EL CAMINO ...

Der Typ streifte sich mit einer Hand seine Hose von den Hüften. *Oh mein Gott, was soll ich nur tun?*

Seine Finger gruben sich wieder in ihr Shirt.

»Zieh es aus«, hörte sie seinen Befehl. Sie rappelte sich etwas empor und spurte entmutigt. Zog es über den Kopf. Schleuderte es in irgendeine Ecke.

»Und jetzt deinen BH.« Die Stimme des Mannes traf sie knallhart.

Sie parierte lieber. Weinte, aber sie sah diesem Lump tapfer ins Gesicht, der nun deutlich weniger attraktiv daher kam, als mit seinen aufgeklebten Bartstoppeln und dem schwarzen Haarteil. Sie fasste an ihren Rücken, hakte den Büstenhalter hinten auf und streifte ihn von den Schultern.

Die rechte Pranke des Mannes krallte sich bereits in ihren Oberarm. Gleichzeitig erstarrte die Linke – bereit zum Angriff auf Majas freiliegenden, halbseitig tätowierten Busen – noch in der Luft, und augenblicklich gab er einen lauten Schrei von sich. Dann sprang er auf. Seine heruntergerutschte Hose lungerte auf seinen Fußknöcheln. Er schlug die Hände vor sein Gesicht.

»Clownsgesicht«, flüsterte er. »Ungetüm. Höllenhund ...«

Seine Stimme war nicht mehr als ein Hauch. Maja verstand nicht mehr, was er noch sagte. Er zischelte die Worte leise vor sich hin und wackelte dabei mit dem Kopf hin- und her. Maja schaffte es nur, ihn entgeistert anzustarren. Als er endlich verstummte, ging sein Atem hechelnd, so dass sie glaubte, er sei am Ersticken. Plötzlich fuhren seine Hände hinunter zu seiner Brust, an die er sie jetzt fest presste, als habe er dort extremste Schmerzen. Sie sah Schweißperlen von seiner Stirn rinnen, bevor er sich fluchtartig umdrehte, während er sein Zittern und Beben, das seinen ganzen Körper einzunehmen schien, nicht unter Kontrolle bekam. Auch Maja, die nicht recht wusste, wie ihr geschah, was hier geschah, schwang sich endlich ruckartig auf die Beine. Sie stand einfach da, fassungslos mit nacktem Oberkörper, gelähmt von Angst, Überraschung und Erleichterung zu gleichen Teilen und war zu erschüttert, um nach ihrem Shirt zu greifen und es wieder anzuziehen. Die ganze Situation hier hatte sie zu sehr erschöpft. Sie sah sich gerade nicht in der Lage, auch nur einen klaren Gedanken aufkeimen zu lassen. Sie hockte sich reflexartig vor den Mann hin, der sich jetzt, immer noch übertrieben zitternd, vor einem der Bücherregale zusammenkauerte, – es war blanker Irrsinn – und packte ihn an den Schultern.

»Was ist?« schrie sie ihn an.

Er senkte den Kopf, verdeckte erneut mit einer Hand seine Augen und brüllte so laut und nachhaltig, dass Maja meinte, ihr Trommelfell platzen zu fühlen.

»Geh' weg! Weg von mir, Clownsgesicht!« Er duckte sich noch tiefer, presste sich auf den Holzboden, als würde sich darunter eine Höhle für ihn auftun.

Mein Clown-Tattoo auf der Brust ... Konnte es sein, dass dieses solche Panik in ihm hervorrief? Gab es das wirklich? Coulrophobiker, diese Menschen, die durch Clowns und Bilder von ihnen in massive Panik versetzt werden konnten? Sie hatte solche Nachrichten immer als Fake abgetan.

Wenn, dann ist es ein Segen und meine Chance!

»Schlüssel!« fauchte sie ihn an. »Mein Autoschlüssel. Und der Schlüssel für die Tür hier! Her damit!«

Sie zerrte ihm seine Hand von den Augen, beugte sich tief zu ihm herunter und hielt ihm ihren Busen mit der grellbunten Clownsmaske genau vor die Linse.

Er fuhr zusammen und jaulte erneut auf.

»Die Schlüssel!« Maja wartete nicht auf die Antwort. Intuitiv kramte sie in den Hosentaschen seiner immer noch auf den Knöcheln hängenden Jeans. Sie wurde fündig.

Gott sei Dank!

Mit der Faust in den Oberbauch stieß sie den wimmernden Elendshaufen roh vor die Wand. Sie schnappte sich ihr Shirt, zog es über den Kopf, steckte den BH in die Hosentasche und spurtete zur Tür, wo sie den

Schlüssel mit fiebrigen Fingern im Schloss drehte. Als sie in die Dunkelheit trat und den ungestüm blasenden Wind im Gesicht spürte, blieb sie einen Moment auf dem Treppenabsatz stehen, um die kühle Luft einzusaugen. Ihr war zumute, als würde sie in ein neues Leben hinausgetrieben. Beobachtete sinnlos, wie Blätter über Blätter die Stufen hinauf fegten. Sekunden verharrte sie, konnte nicht fassen, diesem Alptraum entkommen zu sein. Ein klappernder Wind bewegte die Tür hinter ihr.

Mensch, lauf endlich!

Endlich nahm sie die Beine in die Hand und hastete zu ihrem Auto. Sie ließ sich in den Fahrersitz fallen und betete, dass der Motor nicht wieder versagte. Nicht hier und jetzt. *Bitte!*

Sie hatte saumäßiges Glück.

WIE DAS BLATT SICH MANCHMAL WENDET, MEINE LIEBE

»Ich kann mich nicht erinnern, dass ich dir in meinem Leben jemals etwas recht machen konnte, du Sack! So einen Scheiß-Vater braucht niemand! Halt einfach die Fresse!« Marius drückte auf *Beenden*, kaute sekundenlang auf dem Mittel- und Zeigefinger seiner rechten Hand, exakter beschrieben, auf den Fingernägeln, und zählte genau bis acht. Dann steckte er sein Smartphone in die Hosentasche und hockte sich schwer atmend auf einen großen Stein, der aus den Dünen herausragte.

Marius hatte mit dreiundzwanzig seine Verwaltungsausbildung im gehobenen Dienst im Personaldezernat der Bezirksregierung mit Bravour bestanden, und nach einer sich daran anschließenden zweijährigen Vorbereitungszeit in der Stadtverwaltung war er blitzschnell wegen exzellenter Leistungen zum stellvertretenden Leiter des Amtes für Kommunale Finanzen befördert worden. So jung! So erfolgreich! Tatsächlich hatte er gehofft, dass sein Vater stolz auf ihn sein würde. Aber weit gefehlt! Der Alte schien seinen Sohn wie einen Konkurrenten zu betrachten. Dabei hatte Marius niemals vorgehabt, mit seinem majestätischen Vater einen Wettbewerb zu veranstalten und ihn in diesem Zuge in die Tasche zu stecken. Doch der Alte, selbst unbestreitbar ein erfolgreicher Jurist, hatte immer schon verbal Jagd auf Marius gemacht, ihn erniedrigt und verunglimpft, anstatt glücklich zu sein, einen so tatkräftigen Sohn zu haben. Anderen das Gefühl zu geben, nichts wert zu sein, das war des Alten Spezialität schlechthin. Nie hatte Marius das erleichternde Gefühl genossen, gut genug für seine Eltern zu sein. Gerade eben hatte er seinen Vater angerufen, um ihm stolz mitzuteilen, dass der Gemeinderat ihn, Marius, vorgeschlagen hatte, als Beigeordneter des Bürgermeisters zu amtieren. Des Alten Antwort war beileibe nicht die eines Vaters, der an seinen Jungen glaubte.

»Ah, interessant, mein Sohn. Darf ich daraus schließen, dass du in letzter Zeit besonders anschmiegsam und ergeben deinen Dienstherren in den Arsch gekrochen bist?«

Die Motivation, noch weiter mit seinem Vater zu telefonieren, hatte sich gelegt. Was hatte Marius auch anderes erwartet?

Ein bekanntes Gefühl von Leere durchzog seinen Körper. Er biss sich erneut in die Fingernägel und zählte bis acht. Am liebsten würde er sich in die Wellen schmeißen und nie mehr auftauchen. Nichts mehr an sich heranlassen. Sich nicht mehr kränken lassen. Der letzte Anspruch war nur selbstgerecht, das wusste er nur zu genau, denn er selbst verstand es nämlich auch ganz gut, andere zu verletzen und zu diskreditieren, Menschen, die ihm wohlgesinnt waren und ihm beängstigend nah kamen. Menschen, wie Marlene.

Mit Marlene teilte er sich ein großes Büro, welches einerseits die Abteilung für Kommunale Finanzen beherbergte sowie auch das Kulturamt, für das Marlene zuständig war. Marlene sorgte sich um die beiden Stadtbibliotheken, bediente die Volkshochschule und die ortsansässigen Museen. Auch sie hatte seit einem Jahr den Posten einer stellvertretenden Leitung inne, und zwar aufgrund ihrer Erfahrung und der Anerkennung mehrerer Berufsjahre. So ganz eingesehen hatte Marius diese Ungerechtigkeit nie, hatte Marlene doch nur eine stinknormale Verwaltungsausbildung gemacht. Aber Glück musste der Mensch nun mal haben, und von ihm aus auch Marlene.

Er verstand sich prächtig mit ihr, vertraute ihr irgendwie, na ja, was man unter Vertrauen so versteht. Jedenfalls war es bei ihr nicht nötig, sich Sympathien zu erkaufen wie bei anderen Damen in dieser Behörde.

Lynn zum Beispiel. Sie arbeitete im Meldeamt, war schön und äußerlich sexy wie er selbst. Fand er zumindest. Und es war wohltuend, sich in ihrer überfließenden Anerkennung zu sonnen. Ein persönliches Geschenk für sie zum Geburtstag oder zu Weihnachten und ein Dutzend Komplimente pro Tag waren alles, was es dazu brauchte. Lynn benötigte nur seinen Applaus. Als Gegenleistung legte sie stets die besten Worte beim Stadtrat für ihn ein.

Schwieriger war es mit Sara. Marius erhob sich von dem Felsbrocken, legte sich auf den Rücken in den

Sand und, während er die Arme hinter seinem Kopf verschränkte, erschien Sara im Geiste vor seinen Augen. Sara, die Weinerliche, Gestresste, Schutzbedürftige. Persönliche Sekretärin des Oberbürgermeisters. Und daher enorm wichtig für seine ins Auge gefasste Karriere. Hin und wieder versorgte er sie mit einer Schachtel ihrer Lieblingspralinen. Die monströseste Arbeit für ihn bestand aber darin, ihr in unendlichen Telefonaten während der Arbeitszeit ihrem ständigen Gejammer über dieses und jenes Leidvolle in ihrem Leben beizupflichten. Wie dem auch sei, auch Sara propagierte in der Verwaltung sein so offensichtliches Empathievermögen und die vielen positiven Facetten seines Wesens, nämlich seine Intelligenz, seine Dynamik, sein Pflichtgefühl und seine Korrektheit. Und nur das zählte.

Er hatte sich Urlaub genommen, war zur See gefahren, weil er ein paar Tage einfach nur abschalten wollte. Er war innen wie wund und mit unerklärlicher Traurigkeit erfüllt, empfand eine grenzenlose Leere in sich, und dass, obwohl beruflich alles noch besser als planmäßig verlief. Seine Karriere betrachtete er als das Wichtigste im Leben. Er würde alles dafür hintenanstellen. Alles! Und er war bereit, über Leichen zu gehen, wenn es sein *musste.*

Bevor er hierherkam, hatte ihn vier Tage lang die Migräne gefoltert, unter der er seit Jahren litt. Das hatte sich gerade gebessert, doch er fühlte jetzt vermehrt üble

Verspannungen im Nacken. Er richtete sich wieder auf, blinzelte in die Sonne, die seinen Rücken angenehm wärmte.

Sara. Bei dem Gedanken an sie schüttelte er unbewusst den Kopf. Sie strengte ihn schwer an. Wie leicht und angenehm hingegen waren die Gespräche mit Marlene, Marli, wie er sie nannte. Von ihr empfing er das Gefühl, wirklich liebenswert zu sein. Und das, ohne ihr Geschenke machen zu müssen, ohne sich vor ihr verbiegen zu müssen. Sie war etwas älter als er, geschieden und hatte ein Kind. Manchmal träumte er davon, sie zu vögeln, und das machte ihn nervös, denn er ahnte, sollte es jemals zu dieser Gelegenheit kommen, bekäme er Panik. Marlene war bestimmt erfahren im Bett. Nicht so wie er. So gehemmt. So mit Angst erfüllt, die Kontrolle zu verlieren. Des Öfteren schon hatte er mitbekommen, wie junge Männer Erfahrung über die körperliche Liebe austauschten und sich gegenseitig um Rat fragten. Diese Idee würde nie zu ihm vorrücken. Abgesehen davon, dass er keinen richtigen Freund hatte, mit dem er solche Gespräche hätte führen können, war es auch ganz unmöglich, sich die Blöße geben zu müssen, etwas nicht zu beherrschen. Er wollte sich nicht beraten lassen. Autonomie bedeutete alles für ihn. Und das Schlimmste, was ihm passieren könnte, wäre ein Verfall seiner Unabhängigkeit und der Untergang seines Selbstbestimmungsrechts.

Manchmal fragte er sich, ob er nicht auch Gefühle für Marlene hatte. Gefühle, die er nicht wollte, die er verabscheute, obwohl er so häufig versucht war, auf Marlenes sehnsüchtige Blicke zu reagieren. Aber ihr näher zu kommen, bedeutete allenfalls, sich auszuliefern. Einem Menschen zu nahe zu kommen, war nie etwas anderes als Abhängigkeit. Dessen war Marius sich sicher. Man konnte auch nie wissen, ob man eine Frau überhaupt wieder los wurde, wenn man schon einmal Sex mit ihr hatte. Möglicherweise war Marlene sogar auf der Suche nach einem Ersatzvater für ihr Kind. Gesprochen hatte sie zwar nie davon, aber letztendlich stand auch die Frage im Raum, wo sie sich hätten treffen sollen. Sie hatte nun mal dieses Balg am Bein. Alles zu kompliziert. Aber spielen mit ihr war geil. Ein bisschen mit ihren Gefühlen. Er spürte, dass sie ihn mehr mochte, als sie je zugeben würde. Eine tolle Bestätigung für ihn. Gewiss, gewiss. Er mochte sie auch sehr. Allein die Betonung auf *sehr* aber beunruhigte ihn. Er spürte schnell eine unvermeidliche Aggressivität in ihm emporsteigen, wenn er solche Empfindungen für andere Menschen bei sich wahrnahm, was in seinem Leben allerdings noch nicht oft passiert war. Marlene kam eindeutig zu dicht an ihn heran. Diese Nähe, die er wünschte und auch nicht wünschte, könnte seine Freiheit beschneiden, sein Selbst zermalmen. Die Antennen, die sie beide miteinander verknüpften, würden ihn auf Dauer lahm und unkonzentriert im Job werden lassen. Das konnte er nicht zulassen. Erst recht nicht, weil Marli ihn auf einmal kränkte. Das hatte sie nämlich getan, indem sie, wie er fand, in letzter Zeit doch manchmal entschieden zu weit ging, in dem Ton, in dem sie zu ihm sprach. Sie hatte ihn beschuldigt, pauschale Behauptungen aufzustellen hinsichtlich arbeitstauglicher Umgangsformen und Regelungen, die er rechthaberisch verteidige ohne erklären zu können, woher er die Informationen habe. Sie war entrüstet darüber, dass er Personen in dieser Verwaltung abwerte und deren Arbeit in Frage stelle. Wieder schüttelte er verständnislos den Kopf, während seine Lippen sich zu einem spöttischen Grinsen herabließen. Marli war ein gutmütiges Schaf und hatte keine Ahnung, was in dieser Behörde wirklich abging. Faul und mit gravierenden Wissenslücken hingen die meisten Kollegen über ihrem Schreibtisch. Kriegte Marli das nicht mit? Erkannte sie nicht, wie er, Marius, hingegen mit seinen Leistungen brillierte, sich von allen anderen abhob? Marli hatte anscheinend Scheuklappen auf den Augen. Das erste Mal hatte er sie wütend erlebt. Sie hatte ihm so streng wie nie in die Augen gesehen, als sie gesagt hatte, es täte ihr leid, seinen persönlichen Panzer nun ein wenig anzubohren, sie möge ihn trotz allem sehr. Aber er müsse sich in Acht nehmen und üben, sich ein bisschen in die Situation seiner Mitmenschen einzufühlen, sonst würde er emotional noch verkümmern. Er erinnere sie an seinen Vater. Vieles, was er ihr von ihm erzählt habe, treffe auf Marius auch zu, beispielsweise seine Rechthaberei und das rohe Abwerten anderer.

Er wie sein Vater? Gott bewahre. Was hatte Marli sich da herausgenommen? Es war mehr als unverschämt, ungewöhnlich böswillig und hinterhältig von ihr, ihm diesen Vergleich ins Gesicht zu schleudern! Dafür würde sie noch büßen. Notfalls mit einem direkten Kontaktabbruch, wie immer das auch vonstattengehen mochte. Schließlich saß sie ihm am Schreibtisch gegenüber. Dessen ungeachtet war nun die Zeit reif, Marli und ebenso seine rätselhaften Empfindungen für sie ein wenig in die Schranken zu weisen. Da gab es ja auch noch anderes, was ihn irritierte.

Noch nicht lange her, da hatte sie ihn glatt gefragt, ob er nicht Lust hätte, zwei Tage mit ihr an der See zu verbringen. Marli, Marli! Glaubte sie denn, ihm bei dieser Gelegenheit an die Wäsche springen zu können? Er hatte mit einer Ausrede verneint, stattdessen unauffällig kurzfristig Urlaub eingereicht und sich allein hierher zurückgezogen.

Vor seinen Augen erschien ihr Name, fein mit Muscheln in den Sand gelegt. Das hatte er letztes Jahr im Urlaub für sie gemacht, fotografiert und eine Postkarte daraus für sie am PC gestaltet. Ja, ja, es war nicht von der Hand zu weisen, dass sie ihn auf seltsame Art berührte.

Diese Schmerzen. Er stand abrupt auf, rieb sich mit beiden Händen den Nacken. Kaute kurz auf den Nägeln des rechten Mittel- und Zeigefingers und zählte bis acht, bevor er sich wieder in den Sand legte.

Da war *noch* etwas Blödes in Bezug auf Marlene. Seit einigen Wochen gab es eine interessante Stellenausschreibung in der Stadtverwaltung, die Marius nicht in Ruhe ließ. Zwar hatte man ihm diese BeigeordnetenStelle in Aussicht gestellt, welche als zusätzliche Aufgabe zu seinem normalen Job seiner Karriere absolut förderlich sein würde, aber bei der anderen bald vakant werdenden Position handelte es sich um die Leitungsfunktion im Amt für Kultur und Weiterbildung, weil Marlenes Vorgesetzter, Herr Dr. Deike, in Pension gehen würde. Und Marius hatte nicht vor, endlos bloß als stellvertretende Leitung zu arbeiten. Also hatte er beschlossen, sich unbedingt zu bewerben. Tags darauf – wer will es glauben – hatte Marlene ihn, während sie genüsslich in ihr Schinken-Sandwich gebissen hatte, informiert, sie habe sich entschieden, ihre Bewerbung für diese Stelle einzureichen. Schließlich arbeite sie ja schon lange in diesem Amt, und ein Versuch wäre es wert, die Leitung zu übernehmen. Herr Dr. Deike befürworte es.

Was bildete Marli sich ein? Sie hatte nur eine einfache Verwaltungsausbildung, war sicher nicht dumm, doch lange nicht so hell im Kopf wie er. Seit Marius denken konnte, hatte sich sein Vater als Konkurrent aufgeführt, plötzlich übernahm ausgerechnet Marlene dieses Spiel.

Natürlich hatte er ihr nicht gesagt, was er getan hatte, dass er sich inzwischen nämlich selbst für diese Position beworben hatte. Natürlich nicht! Er war zuversichtlich, als interner Bewerber mit hervorragendem Ansehen in dieser Verwaltung den alten Sack Deike ablösen zu dürfen. War wirklich Zeit, dass der in Pension ging. Marlene würde leer ausgehen. Dessen war Marius sich sicher. Und es wäre mehr als gerecht, einem leistungsstarken Bewerber wie ihm den Vortritt zu geben, selbst wenn Marli sich in dem Amt gut auskannte. Führen war sicher nicht ihre Stärke.

Gestern Nachmittag, als er schon auf dem Weg hierher war, hatte er eine Mail von ihr mit einem mit einem grinsenden Emoji bekommen. *Hey Marius, du hast mir gar nicht erzählt, dass du Urlaub hast. Was ist los? Wollte dir nur sagen, dass ich meine Bewerbung heute abgegeben habe. Drück' mir die Daumen bitte!*

Er schrieb erst jetzt zurück. *Marli, sei mir nicht böse, aber ich habe nachgedacht, und ich glaube nicht, dass du in der Lage bist, den seltsamen Typen, der sich dein Chef nennt, zu ersetzen. Der Deike hätte schon längst eliminiert werden müssen, der faule Hund. Der hat doch sowieso nichts mehr auf die Reihe gekriegt. Aber auch du bist nicht der Typ, der die Stärke aufweist, eine solche wichtige Position zu übernehmen. Es tut mir leid. Marius.*

Er hoffte, das hatte gesessen. Es war notwendig, Marlene zu verletzen. Sie entwickelte sich zu einer Gefahr für sein Ego, und da war es vorteilhafter, diese seltsame Beziehung zu ihr verwelken zu lassen.

Der Pfeifton des Smartphones regte sich, um den Eingang einer neuer E-Mail anzukündigen. Marius öffnete neugierig den Posteingang. Marli hatte geantwortet:

Vielen Dank für Ihre Nachricht. Ich bin kurzfristig verreist. Ihre Mail wird automatisch weitergeleitet an Herrn Dr. Deike, Leiter des Kultur- und Weiterbildungsamtes.

Marius schnappte nach Luft, steckte sich den Mittel- und Zeigefingernagel seiner rechten Hand in den Mund und zählte bis acht.

BAUCHLANDUNG

Bei einem meiner seltenen Abstecher durch das Nachtleben der nahe gelegenen Großstadt begegnete ich ihm.

Raymond in Worte zu kleiden, fällt mir jedoch nicht leicht, das können Sie mir glauben. Aber ich will es trotzdem versuchen.

Vielleicht sollte ich mit seinem Mund beginnen. Dieser bildschöne Mund, dessen Lippen so magisch geschwungen waren, etwa als würden sie einen Hauch von Wehmut verstecken. Ich kann nicht mal sagen, wie alt dieser Mann war. Die paar Falten auf seiner Stirn verrieten darüber so wenig wie seine ungewöhnlich zarte Haut, die an fein gegossenes Kerzenwachs erinnerte. Seine stilvollen Koteletten, die sich, sorgfältig ausgedünnt, an seinem äußeren Wangenrand entlang bis minimal unterhalb des Ohrläppchens kuschelten, habe ich besonders gemocht.

Würde ich nach der Form seiner Nase oder seiner Augenbrauen gefragt, könnte ich hierauf nicht antworten. Diese Unwichtigkeiten sind meinem Gedächtnis entflohen. Aber an sein Haar erinnere ich mich. Ich weiß noch, wie es roch und wie er es trug, das honigfarbene Deckhaar verwuschelt und länger als bei einem gepflegten Herrenschnitt üblich, aber es sah nicht ungepflegt, es sah gerade für ihn passend aus. Auch an die schlagartige Veränderbarkeit seines Mienenspiels erinnere ich mich. Von einer Minute auf die andere wechselte sein Gesichtsausdruck von stahlhart bis höchstsensibel.

Ich fühle mich einsam. Allein lebe ich in meinem kleinen malerischen Kotten mitten in der Pampa. Der nächste Nachbar wohnt zwei Kilometer weit weg. Kinder habe ich nicht. Keine Verwandten. Keine Freunde.

Häufig ruft mich die alkoholkranke Mutter meines Ex an und geht mir auf die Nerven mit ihrer Fragerei, was mit ihrem Söhnchen Viktor los sei. Sooolange schon sei er nicht mehr bei ihr gewesen. Mich regen diese Anrufe auf. Muss sie sich ihren Schnaps halt selbst besorgen und diese Aufgabe nicht immer Viktor übertragen wollen, diesem co-abhängigen Narr. Dass sie nun Lieferprobleme hat, weil sie nicht weiß, wo Viktor steckt, ist nicht mehr meine Angelegenheit.

Nun, ich sagte schon, ich bin einsam. An jenem Abend, an dem ich Raymond traf, wollte ich zunächst gar nicht ausgehen, aber mir fiel die Decke auf den Kopf. Vielleicht war es auch die Sehnsucht, einmal den Griff nach den Sternen zu wagen, möglicherweisen auch den Mann zu finden, der Lust hatte, meinen elastischen inneren Kern dauerhaft mit Liebe und Geborgenheit zu füllen. Nicht so einen wie Viktor, der dreimal täglich mit seiner Mutter telefonieren musste und für sie ständig alles stehen und liegen ließ, auch mich. Auch wollte ich einmal wieder etwas anderes sehen als die Brösemann-AG, Spezialfirma für funktionelle Galvanik, die mein tägliches Brot bedeutet und meine ganze Energie weg-

frisst. Es tat gut, einmal nicht an Herrn Brösemann denken müssen, an dieses Arschloch. Sie kennen bestimmt
auch *die* Sorte Mann – mittelgroß, dicklich, noch so
eben erfassbare Haartracht, Zigarre im Maul. Fischmaul.
Das ist er. Mit seinem karpfenartigen Mund, den kleinen
lückenhaften Mäusezähnchen und dem fliehenden Kinn
wirkt er wie ein glitschiger Fisch im Anzug. Auch seine
Art zu kommunizieren weist seifige Züge auf.

*Muss ich nachdenken. Müssen wir mal sehen. Das
kann ich noch nicht genau sagen.*

Das genau ist seine Mentalität.

Wie Kohlendioxid, das aus einer geschüttelten und
dann geöffneten Flasche die Flüssigkeit in hohem Bogen mit hinaustreibt, so entquellen Herrn Brösemanns
Fischmaul tagaus, tagein unzählige Befehle an seine
Untergebenen. Hierzu gehören Mia und ich, die einzigen
beiden Frauen, die sich in dieser Firma als Oberflächen-
beschichterinnen mit gefährlichen Säuren befleißigen
müssen. Das Arbeitspensum ist hoch. Ich weiß beim
besten Willen nicht, wie wir immer mehr Aufträge in
immer begrenzterem Zeitrahmen schaffen sollen.

Das muss heute noch erledigt werden! Brösemanns
Standardbefehl im Originalwortlaut. Selbstverständlich
werden Überstunden nicht vergütet. Ausbeutung seiner
Mitarbeiter ist Brösemanns Vergnügen.

Seinen persönlichen Assistenten, Dr. Julius Weiss,
der mir auf seinen Streifzügen durch die Betriebshallen
immer schmutzige Worte ins flüsterte, sind wir seit ein

paar Tagen los. Und ich weiß genau, wo er sich aufhält...

Im Gegensatz zu Herrn Brösemanns gebieterischem Bass klang Julius Stimme leise und pathetisch, wenn er seine wulstigen Lippen auffaltete um zu sich zu artikulieren. Um zum x-ten Male kundzutun, dass die gesamte Belegschaft ihm Ehrerbietung zolle, denn ohne seinen unermüdlichen Einsatz für dieses Unternehmen wären wir wohl alle arbeitslos. Seine gewählten Worte schwebten gewöhnlich an seinen Mitarbeitern vorüber, wiegten sich im Takt und verpufften ungeachtet im Werkraum. Niemand von der Belegschaft nahm ihn ernst. Er nahm Frauen nicht ernst.

Ich spare mit den Details und erzähle lieber, was passierte, an jenem Abend, an dem ich beschloss, auszugehen und Raymond begegnete...

Stellen Sie sich vor, wie ich meine zierliche Gestalt an diesem Abend in eine schwarze Jeans und ein enges T-Shirt zwänge, etwas Gel in meinem kurzen schwarzen Haar verteile und in ziemlich gewagten Pumps zu meinem Auto stakse.

Ich brauche fünfundvierzig Minuten bis zu meiner Lieblings-Bar. Der Türsteher winkt mich durch und schon betrete ich den kultigen, schwach ausgeleuchteten Raum. Zu den Seiten der verschiedenen Lichtkegel verlieren sich allerlei Nischen mit roten Couchen und runden Glastischen. Ich bevorzuge die Theke und schwinge mein Hinterteil auf einen der Barhocker in unmittelbarer Nähe der Tanzfläche.

Ein grauhaariger Mittfünfziger will mich zu einem Drink überreden. Ich lehne dankend ab. Immer mehr Volk strömt in die Bar. Die Tanzfläche füllt sich.

Da stupst mich jemand in den Rücken.

Ich drehe mich um. Ein paar Köpfe weiter erspähe ich ein sympathisches Gesicht. Es gehört zu einem Mann.

»Schön, wieder hier zu sein«, sagt das Gesicht mir zugewandt.

»…?«

»Wirklich schön«, betont er.

Ich dehne meinen Hals wieder Richtung Tanzfläche und mime, nichts gehört zu haben.

Da steht er plötzlich neben mir. Er berührt ganz kurz meinen Oberarm.

»Hey.«

»Hey«, antworte ich nun.

Meine Augen fahren kurz an ihm rauf und runter. Hübscher Kerl. Und seine Augen bedeuten mir, dass ich mich um ihn kümmern soll.

»Vier Monate lang habe ich westliche Diplomaten in weiter Ferne beschützt. Ich habe immer noch das Bedürfnis, mich umzuschauen auf der Straße. Es gab so viele Überfälle dort. Drüben durften wir nur Kolonne fahren, um das Überfallrisiko so gering wie möglich zu halten.«

Wie bitte?

Er reibt sich die Stirn.

»Krass, aber die Regeln der Politik werden immer mehr von Handelsinteressen bestimmt. Kriege werden am Laufen gehalten, weil eine Handvoll Firmen wirtschaftliches Interesse daran hat.«

Ich frage ihn mit einer Mischung aus höflichem Interesse und satter Langeweile, welche Firmen er meint und warum er mir das gerade erzählt.

»Private Militärfirmen. Hab' mich... egal. Wollen wir tanzen?«

»Was redest du da von mysteriösen Firmen?«

»Komm, wir tanzen.«

»Willst du mir nicht erst antworten?«

Er runzelt die Stirn, schaut mich mit schwermütigen Augen an.

»Sorry. Ich bin Raymond.« Er verneigt sich kurz. »Ich arbeite für eine recht angesehene Detektei in Frankfurt. Hab' mich von meinem Chef überreden lassen, für eine gewisse Zeit eine private Militärfirma im Ausland zu unterstützen. Die Entlohnung war so hoch, dass ich das Angebot nicht ausschlagen konnte.«

Was hab' ich damit zu tun? Auslandseinsatz für eine private Militärfirma... ppff...

»Ah so, und jetzt bist du wieder in der Heimat und ein unbeschwertes Leben ist nicht mehr möglich?«

»So ungefähr.«

»Und warum erzählst du mir das?«

»Ich hab' dich schon länger angeschaut. Du gefällst mir.«

»So, so.«

»Wollen wir nicht ein Tänzchen wagen?«

Natürlich. Ja, ich will. Er übt eine unfassbare Magie auf mich aus. Liegt es an seinem schurkenhaften Grinsen oder an den Augen, die so grau sind wie das Meer, wenn die Sonne nicht mehr darauf scheint?

Wir tanzen. Mir ist, als wenn er Schmerzen in den Beinen zu verbergen sucht, während wir uns drehen. Bald schmiegen wir uns aneinander. Verlassen nach einer halben Stunde die Bar. Betreten eng umschlungen ein Bistro. Dort lausche ich atemlos seinen abstrusen Erzählungen von Firmen, die Wachleute ausbilden, die später von privaten Unternehmen für allerlei Sicherheitsaufgaben gegen ein unglaublich hohes Entgelt angeheuert werden. Sie überwachen US-Militärstützpunkte, spüren Terroristen auf.

Während er erzählt, beobachte ich fassungslos wie wandelbar sein Blick sein kann. Von kalt flackernd bis erschöpft über verzweifelt. Mir dünkt, als bereue er, diesen Job angenommen zu haben. Dann plötzlich blickt er wieder warm und sehnsüchtig, wenn er innehält, um mir in die Augen zu sehen. Ebenso schnell wechselt meine Stimmung, nämlich zwischen dem Begehren, ihn zu küssen und dem Hang, ihm aus dem Weg zu gehen. Seine Schilderungen lassen ihn leicht durchgeknallt wirken. Das Verlangen, von der großen weiten Welt ein paar Strahlen zu erhaschen, hat ihn anscheinend ein wenig außer Spur geraten lassen.

Hinter uns lässt eine Kellnerin eine Tasse fallen und Raymond reißt es vom Stuhl, als hätte jemand Feuer gebrüllt. Es gelingt mir, ihn zu beruhigen. Sein langes Hemd ist ein bisschen verrutscht als er sich setzt und ich erblicke die Pistole an seinem Gürtel.

Nicht sein Ernst!

Er sieht mir meinen Schrecken an. »Keine Sorge. Ich fühle mich noch gewohnheitsmäßig bedroht und trage immer eine reguläre Dienstpistole bei mir.«

Ach, ja? Du lieber Himmel!

Er blickt sich verstohlen um, reißt die Augen weit auf, sieht zur Decke, blickt mich dann direkt an. Und dann erklärt er mir, warum er nur Cola trinkt. Halten Sie sich gut fest!

Auch hier in der Heimat habe er seine Ruhe nicht und müsse arbeiten, was auch immer er damit meint. Bei einem seiner Aufträge hier sei ein Steckschuss in seinen Oberschenkel geraten, auf die näheren Umstände kön- ne er aber partout nicht eingehen.

Dann blickt er zu Boden. Beiderseitiges Schweigen. Er verschränkt die Arme.

Ein Vertrauensmann, ein Arzt, habe die Kugel und gestern erst das abgestorbene Gewebe entfernt, die Wunde sei verbunden, aber noch offen, könne erst in ein paar Tagen verschlossen werden. Er dürfe aufgrund einer extrem hohen Dosis an Antibiotika keinen Alkohol.

Er hat Schmerzen, aber er mimt den Coolen. Doch die Gelassenheit ist sein Schutzschild. Wie er mich ansieht, wird mir warm und kalt, ich verspüre keine Angst. Ich sitze einem Fremden gegenüber, der eine Schusswunde sowie eine Waffe hat. Ich rede mir ein, dass er offensichtlich doch nur ein paar Stunden Geborgenheit sucht als er mich fragt, ob ich mit zu ihm fahre. Ein neugieriger Teufel in mir zwingt mir seinen unbezähmbaren, unentschuldbaren Wagemut auf. Ich sage ja. Weil ich wissen will, wie und wo dieser bizarre Typ wohnt. Weil er mich berührt. Weil ich herausfinden will, wer er ist.

Sein Zuhause liegt auf der zweiten Etage in einem neu erbauten dreistöckigen Mietshaus, in dem die anderen beiden Wohnungen noch nicht bewohnt sind.

Ich werde von polierten, top aufgeräumten Räumen empfangen. Meine Schuhe, die Raymond mich bat, im Treppenhaus auszuziehen, stellt er nun ganz parallel neben seine.

Sein Handy klingelt. Er geht hinaus auf den Balkon in die schwüle Sommernacht.

Ich nutze die Gelegenheit, um das Wohnzimmer mit dem laufenden Deckenventilator sowie die Küche eingehend zu mustern. Alles blitzblank. Kein einziges Staubkorn in Sicht. Die wenigen Konservendosen in der Küche sind der Größe nach geordnet. Ein Zwangsneurotiker. Ohne Zweifel.

Ich versuche mich abzulenken, indem ich ihn nach der Toilette frage und bei dieser Gelegenheit lasse ich mei-

nen Blick mal schnell durch sein Bad streifen. Es er-
strahlt in königlichem Glanz, wie die Küche. Auf der
Waschmaschine stapeln sich Desinfektions- und Putz-
mittel. Verschiedene Shampoos und Haarfärbemittel
zieren fein säuberlich aufgereiht das breite Regal über
der Hängetoilette. Das Chaos und die Unberechenbar-
keit seiner Welt draußen zwingen ihn anscheinend,
zumindest in seinem ganz persönlichen Bereich, penibel
Ordnung zu schaffen. Etwas, auf das er sich verlassen
kann.

Was macht der mit so viel Haarfarbe?

Ich verlasse das Bad und zucke zusammen. Raymond
prescht ungestüm vom Balkon ins Zimmer herein, da
sich der Himmel ohne Vorwarnung sintflutartig entlädt
und macht einen verängstigten Eindruck. Die Faust an
seinen Mund gepresst, wirkt er, als wolle er sich selbst
Schutz geben.

Ich umfasse sanft seinen Hals, frage, ob ich die Wunde im Oberschenkel sehen darf. Und er nickt wie ein
Kind, zieht seine Jeans aus.

Oh ja, das sieht ziemlich schmerzhaft aus. Vorsichtig
nehme ich ihn in den Arm. Vielleicht beruhigt er sich so
ein wenig. Er bittet mich, ihn noch ein wenig festzuhal-
ten. Flüstert, so eine Frau wie mich habe er noch nie
getroffen. »Halt mich. Halt mich noch ein bisschen«,
flüstert er.

Wie sensibel er ist. Ich denke an meine Verflossenen.
Mit Feinfühligkeit hatten die allesamt keinen Vertrag.

Ich halte ihn fest in meinen Armen. Ich will für einen Mann kein Spielzeug mehr sein. Will vorsichtig sein. Und doch habe ich auf einmal nichts mehr an. Ich spüre den Luftstrom des Ventilators auf meiner Haut und dann spüre ich nur noch seine Hände. Seine Hände und seinen warmen Mund.

Es hat aufgehört zu regnen, aber es ist windig und kleine Zweige von irgendeinem hohen Baum scharren aufdringlich am Fensterglas, als ich sehr früh am Morgen neben ihm erwache. Raymonds Blick ist zärtlich und er streichelt mein Gesicht.

»Bist du glücklich?«

»Sicher!«

»Ich auch.«

Sodann versinkt für kurze Zeit die Welt wieder für uns beide. Wir lieben uns, bis wir, matt vor Erschöpfung, auf die Kissen sinken und uns anlachen. Danach geht er nackt in die Küche, kommt mit zwei Bechern dampfendem Tee zurück.

Was für ein Astralkörper.

»Hast du dich eigentlich über die Haarfärbeprodukte im Bad gewundert?«

Ich bin verwirrt. *Warum fragt er das jetzt?*

»Ein bisschen schon«, antworte ich überrascht und wahrheitsgetreu.

Er lächelt umwerfend süß. »Ich brauche sie für meine Arbeit. Muss gelegentlich eine andere Haarfarbe tragen.«

Hm...

Wir schauen uns liebevoll an und nippen an dem Tee. Grüntee oder so. Ich gestehe ihm nicht, dass ich Tee hasse.

Unerwartet wird sein Gesicht von einem fremdartigen Ausdruck heimgesucht. Seine Stirn liegt auf einmal in Falten. Seine Augen schauen mich nicht mehr an, sondern hinunter auf die Bettkante.

»Ich will raus aus diesem Job. Ich kann nicht mehr«, sagt er leise. Ich will ihn trösten, umarme ihn, küsse ihn auf den Mund, will ihn noch einmal spüren. Doch er schiebt meine tastenden Hände brüsk zur Seite.

»Ich muss jetzt los.« Seine Stimme ist nicht mehr warm, nicht mehr zärtlich wie gestern Abend, als er Halt zu brauchen schien, oder wie vorhin beim Erwachen.

»Ruh dich noch aus. Ich geh' duschen.« Wie Frostklümpchen prasseln seine Worte auf mich ein.

Er springt auf. Verzieht sich ins Bad.

So anhänglich wie er gestern war, denke ich dennoch an ein gemeinsames Frühstück, als er frisch geduscht zurückkommt. Raymond hat desgleichen nicht vor. Er schlüpft in seine Jeans und scheucht mich unsanft aus dem Bett. Auf dem Weg ins Bad drehe ich mich noch einmal um und bemerke plötzlich seine Pistole auf dem kleinen Teppich vor dem Bett. Mann, bin ich leichtsinnig!

Aber das ist es nicht, was mich wirklich erschreckt, ich wusste ja, er hat eine Waffe. Vielmehr beunruhigt mich, dass er emsig die Bettwäsche abzieht, so als wäre diese verseucht. Als schäme er sich für die vergangene Nacht. Ich bin irritiert. Schlendere ins Bad und halte meinen Kopf lange in den warmen Brausestrahl, um die aufkommenden beunruhigenden Gedanken fortzuschwemmen.

Dann kehre ich zurück ins Schlafzimmer, um mich anzuziehen. Raymond beachtet mich nicht. Sagt kein Wort. Stattdessen wischt er das Bett rundum mit einem feuchten Lappen ab. Mit großer Sorgfalt!

Barsch klingen plötzlich seine Worte. »Bist du fertig? Ich muss mich beeilen, muss gleich arbeiten.«

»Heute ist Sonntag.« Meine Stimme kann meine Verunsicherung nicht verbergen.

»In meinem Job arbeite ich jeden Tag. Du kannst dir noch ein Wasser nehmen. Danach muss ich wirklich los.«

»Okay, sehen wir uns wieder?« Meine Frage klingt scheu. Warum stelle ich sie überhaupt? Weil er ein guter Liebhaber ist? Weil er anders ist?

»Weiß nicht«, kommt die schneidende Antwort.

Ich fliege in hohem Bogen aus dem Paradies. Sein Blick erinnert an abgekühltes Badewasser. Kontrolliert. Emotionslos. So muss er wohl sein – in seinem Job.

Dann war es eben nur ein belangloser One-Night-Stand. Enttäuscht spüre ich, wie mir die Zunge am

Gaumen klebt. Ich bin nicht in der Lage, etwas zu erwidern. Ist auch nicht nötig. Sein Handy ruft nämlich. Er reißt es aus der Hosentasche, brüllt ein JA hinein und verpisst sich auf seinen Balkon. Ich bin noch da, aber ich bin ein Nichts. Ein hässlicher, ungesunder Gedanke bemächtigt sich meiner... Ich bleibe noch. Einen kurzen Moment brauche ich noch!

Ein paar Minuten später sehe ich Raymond wieder reinkommen, er stört sich nicht an mir, nimmt seinen noch halbvollen Becher Tee, säuft ihn mit einem Schluck aus und stolziert, das Handy am Ohr, auf den Balkon zurück.

Also dann...

Ohne mich zu verabschieden, verlasse ich seine Wohnung.

Mein Auto ist beladen mit nassem Laub. Zögernd dringt die Sonne durch den frühmorgendlichen Nebel und fällt in Ornamenten auf die noch menschenleere Allee, die vom nächtlichen Regenguss noch nass isst und deren dicke Pfützen wie ein Spiegel des Bösen schimmern.

Ich steige ins Auto und fahre mit großen Beklemmungen in der Magengegend los. Das Mietshaus, in dem ich die Nacht verbracht habe, schrumpft, verliert sich im Nebel. Auf einmal fliegt mit Wucht ein Spatz gegen meine Frontscheibe. Ich halte abrupt am Straßenrand und steige aus, um nach ihm zu sehen. So ein Mist. Da liegt der kleine Kerl. Ganz zittrig ist er. Ich hebe ihn auf, greife nach meiner Fleecedecke auf dem Rücksitz und bette den armen Spatz hinein.

Zu Hause beobachte ich ängstlich besorgt den Vogel. Wenn der kleine Bruchpilot Glück hat, wird er sich erholen. Er tut mir so leid. Und mir ist übel. Ich wanke auf die Couch. Kauernd zwischen zwei großen Kissen, die mir Halt anbieten, überlege ich, ob es besser wäre, wenn Raymond nicht allzu früh gefunden wird. Ich frage mich, ob das Kaliumcyanid, dass ich unter Anwendung aller Vorsichtsmaßnahmen in dem galvanistischen Betrieb, in dem ich arbeite, in kleine Fläschchen abfüllen kann und für plumpe Situationen mit Männern stets rein prophylaktisch in meiner Handtasche habe, noch längere Zeit in dem leblosen Körper aufgespürt werden kann. Ich horche in mich hinein. Ich bin sehr verletzt! Sogar das Bett hat er vor meinen Augen rundum abgewischt. Zwangsneurose hin oder her. Das geht zu weit. Vielleicht hätte ich seinen Tee nicht vergiftet, wenn er mit seinem Handy nicht auf den Balkon hinausgelaufen wäre, was eine ideale, vor allem spontane, Gelegenheit war? Die Ungewissheit, ob er sehr hat leiden müssen beim inneren Ersticken quält mich, das müssen Sie mir glauben. Die Frage, warum ich mich so blindlings in einen neurotischen Helden verliebt habe und dann noch in der geheimen Hoffnung, ausgerechnet mit ihm keine Bauchlandung zu erleben, zieht quälende Kreise in meinem Kopf. Und was mich noch beschäftigt, ist das, was ich früher schon mal getan habe. War mir der Giftmord an

Raymond so leichtgefallen, weil bei meinem Verflossenen, Viktor, niemand aufgedeckt hat, dass ich ihm ein bisschen Cyanid untergejubelt hatte, weil ich dieses coabhängige Muttersöhnchen leid war? Weil man ihn bis heute nicht entdeckt hat in seiner Grube unter dem Komposthaufen in meinem Garten? Weil man auch meinen mir ständig auflauernden Vorgesetzten, Julius, nicht gefunden hat? Julius, dessen Oberarm ich bei seinem Versuch, mir wiederholt dreckige Worte einzuflößen, mit ein wenig Flusssäure verätzt habe, was ein bedauerliches Organversagen nach sich zog. Ich war gezwungen, Julius Leiche allein in meinen PKW zu zerren, um ihn zu Hause zusammen mit ein paar dicken Ästen in meinen geräumigen Motorhäksler zu stecken. So geriet wenigstens wieder frischer Mulch unter meine Brombeersträucher.

Auf einmal heule ich hemmungslos. Ich sehe, dass der kleine Vogel auf seiner Decke nicht mehr zittert. Er liegt regungslos da und lässt mich so wissen, dass er seine rasante Begegnung mit mir nicht überlebt hat.

EMELY

Hastig packte Dunja den Wein in ihre Tasche. Zwei Flaschen sollten reichen. Unentbehrlich waren auch die Tabletten und ein Glas. Ein Gefühlsgemisch aus Hoffnungslosigkeit und Furcht verursachten eine Gänsehaut auf ihren Armen. Sie bebte vor Unruhe. Schon seit einigen Tagen äußerte sich der Gedanke an ihr Vorhaben mit Magenbeschwerden bis hin zum zeitweiligen Erbrechen. Doch sie würde an ihrer Absicht festhalten. Es gab nichts mehr, für das es Sinn machte, den permanenten Kraftproben des Lebens standzuhalten.

Gewohnheitsmäßig knotete sie ihr langes braunes Haar im Nacken zusammen, schnappte sich hiernach ihre bereits gepackte Tasche und den Autoschlüssel. Ohne zurückzublicken, marschierte sie mit trotziger Miene aus dem Haus und schwang sehr entschlossen ihre große schmale Gestalt ins Auto. Es hatte nahezu den Anschein, als wollte sie zu jemandem fahren, um demjenigen die Leviten zu lesen. Bedauerlicherweise war ihr Ziel ein anderes an diesem warmen, leicht stürmischen Sommertag.

Der Wind ruckelte missbilligend an ihrem Auto, während sie den steilen Krümmungen der engen Straße zwischen Wiesen und Feldern folgte und über das, wie sie meinte, übereilte Verhalten ihres Mannes nachsann, der sie vor zwei Monaten verlassen hatte. Nein, es sei nicht, wie sie denke, es gebe keine andere Frau. Allerdings könne er die jetzige Situation mit den ständigen Streitereien nicht länger durchstehen. Er habe sich kurzentschlossen eine eigene Wohnung gesucht. Nach dieser Erklärung hatte er seine wichtigsten Sachen in den Kombi geladen und war von dannen gefahren. Vermutlich auf Nimmerwiedersehen.

Die Bitternis hierüber kroch sogleich wieder in Dunjas Körperzellen, quälte Magen und Herz und strapazierte ihren Verstand. Erst vor knapp zwei Jahren hatte sie Jens geheiratet, beide waren glücklich gewesen und hatten sich Kinder gewünscht. Doch dieses Verlangen wurde nicht erhört. Was sie nicht alles versucht hatten! Es sollte nicht sein. Die Sehnsucht nach einem Kind blähte sich weiter und weiter zu einem gefährlichen Ballon auf, gefüllt mit Illusionen, die nur stets aufs Neue zerplatzt waren. Die Folge waren immer wieder heftige Tränenausbrüche, schroffe Worte und Ratlosigkeit.

Dass Dunja vor einer Woche widerstrebend ihren Job als Rezeptionistin aufgeben musste, weil das kleine Hotel im Ort keinen Nachfolger gefunden hatte, war auch nur entmutigend. Lustlos hatte sie am Wochenende die Stellenanzeigen in der Zeitung durchforstet, aber kein Inserat entdeckt, welches sie auch nur halbwegs interessiert hätte.

Sie stoppte ihre Fahrt am Rande eines Feldweges, parkte unter einer mächtigen Eiche, stieg aus, klemmte ihre Tasche unter den Arm und richtete ihren Blick direkt auf den schmalen Fußweg, der die Wiesenanhöhe hinaufführte. Wie oft war sie diesem Pfad schon gefolgt! Das Auto schloss sie nicht einmal ab. Es war nicht mehr wichtig. Ihr Herz klopfte wie das Glanzstück eines Tambours, als sie den Hügel hinauftrottete und der Wind ihr Blütenstaub und Blätter ins Gesicht fächelte. Seit sie denken konnte, liebte sie den Wind. Doch heute schien es ihr, als wollte er sie verhöhnen, indem er ihr Empörung und Verachtung zublies. Sie stemmte sich gegen ihre Empfindungen, kämpfte sich die Steigung empor und erreichte endlich den höchsten Punkt des Hügels. Es war ein ausgesprochen einsamer Ort hier oben, wie ein Turm über dem Dorf, umgeben von Wiesen und Feldern in satten Sommerfarben. Ein Leuchten, in dem sie heute sanft einschlummern wollte.

Auf der anderen Seite der Anhöhe starrte sie ihr Lieblingsbaum an, eine dominante alte Buche, unter der sie schon oft gesessen und gelesen hatte. Um zu ihr zu gelangen, bedurfte es nur wenige Schritte einen kleinen Trampelpfad hinunter und gleich wieder ein paar hinauf. Sie marschierte los. Unter dem Baum machte sie Halt. Hockte sich nieder und verweilte, Kopf und Rücken an den Stamm gelehnt, zwischen Moos und Grashalmen. Bleich, gebrochen und abgestumpft saß sie da und wirkte gewiss schon fast wie tot, obwohl sie bisher weder den Wein noch die Tabletten angerührt hatte. Eine Zeitlang hielt sie inne in diesem Zustand zwischen Sein und Nicht-mehr-sein-Wollen.

Dann allmählich erwachte sie aus ihrer Steifheit. Die Luft roch nach gemähtem Gras und Tod, als sie sich das erste Glas Wein einschenkte, und schon nach dem zweiten schimmerte das Flusswasser unten im Tal nicht mehr wie gewöhnlich wie silbernes Kristall, sondern trostlos in schmutzigem Grau, erinnernd an den Abschied einer Pusteblume in der Brise.

Gegen die Buche gelehnt, hockte Dunja da und versuchte, ganz besonnen zu atmen. Ein und aus. Ein und aus. Als könne sie so ihr klägliches Gewissen beschwichtigen.

Armselig, meine Liebe, sich rücksichtslos aus dem Leben schleichen zu wollen.

Ein toller Tag für den, der dich hier oben findet.

Der Wind zischelte, als würde er ihrer inneren Stimme beipflichten.

Trotzig griff Dunja in ihrer Tasche nach der Packung mit den Schlaftabletten. »Wenn einem alles zu viel wird, sollte man einen Punkt machen«, flüsterte sie sich selbst zu.

In letzter Zeit zwängte die Verzweiflung ihre scheußliche Gestalt Tag für Tag gegen jeden Versuch, einsichtig und verständig zu sein, ihre Kinderlosigkeit und Einsamkeit als gegeben zu betrachten und nach neuen positiven Wegen zu suchen.

Nein, die Qual muss ein Ende haben. Sie öffnete die Tablettenpackung und wollte soeben die erste Pille aus der Folie drücken, als sie das Mädchen wahrnahm. Es hüpfte munter zwischen den Mohnblumen geradewegs über das Kornfeld auf sie zu. Dunkles dichtes Lockenhaar wippte im Takt mit einem blau-grün-geblümten Kleidchen. Ein fröhliches Stimmchen rief:»Hallo du, bist du oft hier?«

»Ja, ziemlich oft sogar«, antwortete Dunja irritiert und wusste nicht, wie sie es verhindern sollte, dass sich das Kind zu ihr gesellte.

»Ich bin Emely«, schnaufte die Kleine außer Puste. »Und du?«

»Dunja.«

»Betrinkst du dich?«

Tz, tz … Kinder und ihre ungehemmten Fragen.

»Ich genieße ein bisschen Wein, schaue in den Himmel und denke mir Geschichten über die Wolken aus.« Sie spürte Emelys Blick wie Feuer auf ihrem Gesicht.

»Du siehst aus, als wärst du traurig, und vom Alkohol soll man nicht so viel.« Sie schüttelte ihren Kopf leicht hin und her. »Und die Tabletten da? Alkohol und Tabletten darf man nicht! Bist du krank?«

Mein Gott. Ein altkluges Kind inmitten meines gerade begonnenen Versuchs, mir mit Wein und Schlafpillen das Leben vom Leib zu reißen, hat mir gerade noch gefehlt.

Peinlich berührt senkte Dunja den Kopf. »Nein, krank bin ich nicht, aber traurig. Das stimmt.«

»Was hast du denn?«

»Das musst du nicht wissen.« Dunja stand auf. Die Situation schien ihr absolut zum Davonlaufen. Irgendwo anders hin, wo sie in Ruhe dem Leben entfliehen konnte und sich nicht von einem kleinen Fratz Belehrungen anhören musste. Aber die Göre erweckte nicht den Eindruck, als wollte es sie gehen lassen.

»Im Fernsehen hab' ich mal gesehen, wie eine Frau, die auch sehr traurig war, viel Wein getrunken und dazu eine Menge Tabletten eingenommen hat. Sie wollte sich umbringen! Aber es ist einer gekommen, der sie gerettet hat«, plapperte Emely weiter.

»So? Wie alt bist du denn, dass du dir so etwas im Fernsehen ansehen darfst!« Dunja klang recht ungehalten.

»Acht«, antwortete Emely und legte ungerührt nach. »Wäre niemand entsetzt, wenn du tot wärst?«

Dunja verzog ihre Mundwinkel zu einem spöttischen Sekundengrinsen. »Es würde mich niemand wirklich vermissen. Meine Eltern sind schon tot und Geschwister habe ich auch keine.«

»Aber andere Menschen, die dich kennen, würden doch bestimmt weinen.«

»Lass uns nicht davon sprechen, Emely.«

»Wenn du tot bist, kannst du keine Geschichten über Wolken mehr erfinden.«

»Nun, ja.« Was sollte sie darauf jetzt antworten? »Mein Leben ist nicht so, wie ich es mir gewünscht habe.«

»Wenn du tot bist, kannst du das Leben aber nicht mehr so zurechtbauen, dass es schön für dich ist.«

Kleine Klugscheißerin!

Dunja stopfte resigniert die Tabletten wieder in ihre Tasche.

Emely machte ein wichtiges Gesicht. »Von meiner Ur-oma weiß ich, dass sie sich umgebracht hat. Man sagt, sie sei ins Wasser gegangen. Sie hat ihre Familie traurig gemacht.«

Himmel! Was redet das Kind da? Dunja bemühte sich um Beherrschung. Ein gruseliges Gefühl überkam sie, als sie sich erinnerte. »Meine Uroma ist auch ins Meer gegangen. Mein Vater erzählte manchmal davon! Er war ziemlich verbittert darüber.«

»Siehst du.« Über Emelys Gesicht huschte ein Funken Weisheit.

Dunja musste nun erstmals lächeln. In ihrem Innerem entzündete sich etwas, irgendetwas. Sie hatte keine Ahnung, was es war, allerdings fühlte sie sich mit einem Mal mit dem Mädchen auf eine seltsame Art verbunden. Deswegen kauerte sie sich wieder ins Gras, und als das Kind sich neben sie setzte und einfach ihre Hand nahm, begann sie, sich zu öffnen:

»Nun, ich fühle mich einsam und habe keine Freude mehr in mir. Mein Mann fehlt mir. Er ist ausgezogen. Außerdem habe ich viele Jahre in einem Hotel gearbeitet, was ich sehr gerne gemacht habe. Aber das geht nun nicht mehr, weil es dieses Hotel nicht mehr gibt.

Also habe ich nun keinen Mann   u n d   keine Arbeit mehr.«

Dunja fühlte Tränen auf ihren Wangen. *Mist!*

»Ich hatte auch eine gute Freundin, doch die versteht mich kaum noch, und ich hab' auch sie wohl verloren. Niemand versteht mich.«

Du liebe Güte - hör auf, dein Selbstmitleid vor diesem Kind auszuschütten. Sie ist doch nur ein kleines Mädchen!

»Gab es noch nie jemanden, der dich verstanden hat?« Emely betrachtete Dunja sehr durchdringend.

Ihre Frage verwirrte Dunja, sie griff sich an die Stirn, blickte dann überrascht in die Ferne, bevor sie etwas erwidern konnte.

»Doch, schon, Emely. Mein Mann war immer für mich da. Ich bin absolut unglücklich, weil wir nie ein Kind bekommen haben. Zuletzt war ich nur noch übel gelaunt, habe nur noch Trübsal geblasen oder Streit angefangen und schließlich hatte ich gar keine Lust mehr, mit meinem Mann überhaupt noch zu reden. Ich wollte nur noch meine Ruhe. Jetzt ist er weg. Das tut mir weh«

»Er ist weggegangen und weiß wohl gar nicht, dass er dich verletzt hat.«

Wie? Dunja stutzte. Mit einem Schulterzucken sagte sie: »Warum glaubst du das?«

»Woher soll er das denn wissen? Du sagtest doch, du hättest kaum noch mit ihm sprechen wollen.«

Die Kleine macht mich verrückt!

»Vielleicht hast du Recht, Emely. Vielleicht weiß er tatsächlich nicht, dass mich sein Weggehen so bedrückt.«

»Du hast ihm das nicht gesagt?« fragte Emely empört

»Nein, ich war einfach sauer und zu enttäuscht, dass er offensichtlich nicht mehr mit mir leben wollte.«

»Oha«, sagte die Kleine.

Dunja spürte ein Beben quer durch ihren Körper. Nein, sie hatte ihren Mann nicht spüren lassen wollen, wie weh ihr sein Auszug tat.

»Ganz schön blöd«, kommentierte Emely weiter.

Dunja duckte sich tiefer ins Gras, wie ein Käfer, der nicht gefunden werden wollte. Sie zog die Knie an und legte ihren Kopf darauf ab, während sie allmählich verinnerlichte, dass in ihrer Ehe ausschließlich *ihre* nicht erfüllten Bedürfnisse das Hauptthema gewesen waren, speziell das Wieder-nicht-schwanger-Problem. Sie hatte Jens ihre verworrenen Phantasien aufgedrängt, warum es mit dem Kinderkriegen nicht klappt, *ihm* gar nicht mehr richtig zugehört, hatte ihm weder ein Lächeln noch einen Dank für seine tröstenden Worte und liebevollen Umarmungen geschenkt. Ähnlich war sie wohl auch mit ihrer langjährigen Freundin Lucie umgegangen. Sie hatte geglaubt, tolerant zu sein, aber, wenn sie ehrlich sein wollte, waren es stets nur ihre eigenen Ansichten gewesen, die sie akzeptiert und die der anderen für minderwertig angesehen hatte.

»Und was war mit deiner Freundin?« wollte Emely genau in diesem Moment wissen.

Wie ein Polizeiverhör! Dunja seufzte hörbar. »Neulich habe ich mich mit einer Kollegin heftig gezankt. Kommt ja mal vor. Die Kollegin ist zufällig die Cousine meiner besten Freundin. Ich wollte, dass meine Freundin nun nicht mehr mit ihrer Cousine spricht, habe sie gar nicht gefragt, wie sie sich dabei fühlt. Es ist mir nur um mich gegangen. Damit habe ich meine Freundin total unter Druck gesetzt.«

»Oh!« Emely riss ihre Augen weit auf. »Willst du dich bei ihr entschuldigen, bevor du dich betrinkst und die Tabletten einnimmst?«

Dunja war merklich blasser geworden.

Verdammt, diese kleine Göre.

»Manchmal muss man nur ein bisschen warten, bis Wünsche echt werden. Glaubst du an Wunder?«

Liebes Kind, kannst du nicht einfach mal deinen vorlauten Mund halten?

»Emely, Wunder sind Quatsch mit Soße.«

»Das stimmt gar nicht!« Entrüstet schob das Mädchen ihr Kinn vor. »Ich glaube daran, dass es eines Tages wahr wird, was man sich wünscht.«

»Du bist ein Kind, Emely. Du weißt noch nicht viel vom Leben.«

»Ich weiß was vom Wünschen. Aber wünschen kannst du nur, wenn du lebst und deine Träume nicht an den Tod verschenkst.« Abrupt stand sie auf.

Was es nicht für Kinder gibt!

»Ich muss jetzt gehen«, erklärte Emely. Drehte sich um und lief davon, so unerwartet wie sie gekommen war. Noch einmal drehte sie sich herum. »Tschüss Mai!«

Dann verschluckte sie das Kornfeld so überraschend wie es sie vorhin ausgespuckt hatte.

Tschüss Ma-i! In Dunjas Ohr hallte es nach wie »Tschüss, Mami.«

Beschämt packte sie den Wein und ihr Glas zurück in die Tasche. Sie wollte nur noch nach Hause. Allenfalls wollte sie doch noch einmal mit Jens und Lucie sprechen, die ihr vielleicht verzeihen konnten.

Man muss es sich nur wünschen. Und bestimmt ist es auch nicht so schwer, wie gedacht, einen neuen Job zu finden.

Das Auto blieb zurück wegen des Weins, den sie schon getrunken hatte. War nicht viel aufgrund der sonderbaren Unterbrechung, aber sie hielt es für vernünftiger zu laufen. Sie schlenderte den ganzen Weg grübelnd zurück. Der knapp einstündige Spaziergang tat ihrer Seele gut. Unterwegs kam ihr die Idee, ihren Hausarzt aufzusuchen, um sich ein Mittel gegen ihre Magenbeschwerden aufschreiben zu lassen.

Sie hatte Glück, sie brauchte nicht lange im Wartezimmer sitzen. Die Fragen ihres Arztes konnte Dunja kontrolliert und innerlich gefestigt beantworten, obwohl sie wegen ihres gescheiterten Selbstmordes noch ein bisschen zittrig war, aber davon sagte sie nichts. Urin-probe, Blutabnahme, Rezept. Das war's. Nur noch zur Apotheke wegen des Magenmittels, und danach wollte sie nur noch Ruhe.

Wieder zu Hause, schüttete sie den Wein aus der an-gebrochenen Flasche in den Ausguss, die zweite Fla-sche verbannte sie in den Keller. Die Tabletten hatte sie soeben in der Apotheke schon entsorgt. Mit ihren dum-men Selbsttötungsabsichten wollte sie nichts mehr zu tun haben. Sie duschte ausgiebig und verspürte neben großer Müdigkeit auch ordentlich Hunger. Jens und Lucie wollte sie daher am nächsten Tag anrufen, um sich zu entschuldigen.

Sie griff ein Stück Gurke, eine Tomate und Kräuter-quark aus dem Kühlschrank. Als sie im Brotkasten nach einer Scheibe Toast langte, stieß sie die Tomate auf den Boden, die eifrig unter den Bauernschrank kullerte. Dun-ja bückte sich. Lugte unter den Schrank, und während sie die Tomate erhaschte, sprang ihr noch etwas ande-res ins Auge. Ein altes Fotoalbum.

Wie in aller Welt kommt das unter den Küchen-schrank?! Sehr merkwürdig, wie auch das Erscheinen der kleinen Emely an diesem Tag.

Sie fischte es hervor und wischte den Staub mit einem Küchentuch ab. Sie hatte sich das Album Jahre nicht mehr angeschaut, gar nicht mehr an seine Existenz gedacht. Während sie aß, blätterte sie durch die Foto-seiten und zuckte jäh zusammen.

Da ist ja das Mädchen! Natürlich ist es nicht d a s Mädchen. Es kann nicht Emely sein! Das bin ja ich!

Eine Porträtaufnahme von ihr selbst als kleines Mädchen fixierte sie mit intensivem Blick. Eine frappierende Ähnlichkeit mit ihrer heutigen ungeplanten Begegnung raubte ihr den Atem. Vorhin auf der Anhöhe hatte sie das gar nicht so erkannt.

Das Geräusch des Telefons riss Dunja aus ihrer Erstarrung. Es meldete sich ihr Arzt.

»Frau Diem, ich darf Ihnen gratulieren. Sie sind schwanger.«

W a s?

Dunja war nicht fähig zu sprechen.

»Frau Diem? Ist alles in Ordnung?«

Dunja bemühte sich um Fassung: »Ja. Ja, klar. Ich bin nur ziemlich verwirrt. Das überrascht mich jetzt doch sehr. Sind Sie sich sicher?«

»Absolut! Können Sie morgen früh in die Praxis kommen?«

»Natürlich. Ich freue mich! Bis morgen!«

Hölzern stakste Dunja auf den Küchentisch zu. Setzte sich wie in Zeitlupe.

Was für ein Tag! Und so eine wunderbare Nachricht!

Noch einmal nahm sie das Porträt zur Hand. Die Augen auf dem Bild schienen ihr zuzublinzeln. Nicht wirklich. Aber es war tatsächlich, als ob. Und die ausgeprägten Fotoaugen des Mädchens schienen zu rufen: »Wart auf mich, Mami!«

FLÜSSIGES WACHS

Obwohl es bereits Mitte April war, strengte der Frühling sich nicht an, zu erwachen, um dem Winter Paroli zu bieten, welcher seine kalten Finger einfach nicht lockern wollte. Ich arbeitete in einer Reiseagentur, die sowohl Abenteuerurlaube als auch Gruppenreisen an die französische Küste organisierte, grübelte an der Vorbereitung einer solchen und sehnte mich nach Sonne und Wärme. Mein Chef war selten anwesend, so dass ich für nahezu alles allein verantwortlich war. Meine beiden Kolleginnen unterstützten mich jedoch sehr, die eine hauptsächlich im persönlichen Kundenkontakt, die andere vor allem in der Verwaltung der Finanzen. Alle drei steuerten wir auf die fünfzig zu. Juliane hatte bewusst reich geheiratet. Kinder fand sie furchtbar. Ihr Herz hing an materiellen Dingen. Sie liebte Statussymbole, teure Klamotten und Botox in ihrem von hellblonden Afrolocken umrahmten Gesicht. Gelegentlich nervte sie mich, wenn sie wieder einmal – sehr gern vor Publikum – mit ihrem Gesundheitsbewusstsein prahlte und damit, jedes Gramm Zucker zu meiden. In Wahrheit hatte ich sie schon des Öfteren ertappt, wie sie sich Schokolade in den Mund stopfte. So ganz ernst zu nehmen war Juliane also nicht. Die dunkelhaarige Isa hingegen war authentisch, herzlich und darüber hinaus meine beste Freundin.

Und ich? Durchschnitt. Weizenblondes langes Haar, Sommersprossen, seit zwei Jahren wieder Single, und meine beiden Kinder gingen bereits eigene Wege.

Meinen Job mochte ich und war stolz angesichts der Verantwortung, die mein Chef mir übertragen hatte. Zum Frühjahr hin war im Büro immer Hochkonjunktur, so dass ich jedes Jahr eine studentische Aushilfe einstellte, eine, die mir zunächst im Büro half und über den Sommer in Frankreich als Animationskraft oder Surflehrer arbeiten konnte.

»Hi. Mein Name ist Jo. Ich habe einen Vorstellungstermin bei Frau Mondhi – wegen der Aushilfsstelle.« Der junge Mann, der mich soeben fröhlich begrüßte, war mein Kandidat für dieses Jahr.

»Hallo, ich bin Linda. Wir duzen uns hier. Setz' dich. Kaffee?« Er bejahte mit einem gewinnenden Lächeln, welches mir so ungestüm unter die Haut huschte, dass ich mich für Sekunden ganz benommen fühlte.

Nachdem ich mich halbwegs wieder unter Kontrolle hatte, verlief unser Gespräch dermaßen wünschenswert, dass ich mir keine ausgezeichnetere Hilfe im Büro und keinen geeigneteren Surflehrer für unsere Frankreichurlauber vorstellen konnte. Jo studierte Sport und Französisch, surfte leidenschaftlich gern, und mit Bedacht auf die Semesterferien war es ihm gut möglich, von Juli bis Oktober in Frankreich seine Surfkenntnisse weiter zu vermitteln. Seine olivfarbenen Augen verrieten einen lodernden Scharfsinn. Ich mutmaßte, dass dieser sympathische Bengel einmal vorhat, die Welt zu entern.

Schon zwei Tage später begann er, mir sehr engagiert bei den vielfältigen Aufgaben im Büro zu helfen. Anweisungen brauchte er kaum, er erkannte, was erledigt werden musste, sortierte die Ablage ein, verfasste Briefe, akquirierte telefonisch erfolgreich neue Kunden. In den ersten Tagen schaute er mich manchmal verlegen an, sagte aber nicht viel. Eines Morgens kam er mit einer pinkfarbenen Rose für mich ins Büro. Ich freute mich, konnte aber nicht einschätzen, ob dieses nur eine Liebenswürdigkeit von ihm war oder ob er versuchte, mir den Hof zu machen. Ich war mehr als doppelt so alt wie er, weswegen ich den letzten Gedanken schnell wieder beiseiteschob.

Meine Arbeit erledigte ich bald nicht mehr so konzentriert wie gewohnt. Lieber unterhielt ich mich mit Jo. Beide mochten wir Gedichte und Zitate. Einmal las ich ihm meinen Lieblingsdialog aus *Der kleine Prinz* vor, in dem der Fuchs dem kleinen Prinzen erklärt, was *zähmen* bedeutet. »Das ist eine in Vergessenheit geratene Sache«, sagte der Fuchs. »Es bedeutet, sich vertraut machen…«

Jo sah mich ernst an als er sagte: »Zähmen ist Vertrauen verdichten, es mit Wachs überziehen. Man darf nie daran zündeln, sonst bleibt nichts übrig als zerflossener Brei.«

Ich genoss seine Sensibilität, liebte seine warme Ausstrahlung und war fasziniert vom Klang seiner Stimme. Wie schade, dass er bald für drei Monate in Frankreich arbeiten würde.

An einem Nachmittag beglückte er mich überraschend mit einem kleinen Herz aus Marzipan. Nur ein kleines Mitbringsel. Eine nette Geste. Es war bestimmt ohne Bedeutung. Ich nahm mir aber vor, dieses niemals aufzuessen. Es sollte mehr übrigbleiben, als nur die Erinnerung daran.

Zuweilen warf Jo mir auch kokette Blicke zu, die mich verunsicherten. Ach, du Scheiße, ich begann allmählich davon zu träumen, wie er mein Gesicht mit Küssen bestreut.

Jo kannte sich gut aus mit den meisten Computersystemen und half Isa und Juliane, als diese mit einer neuen Flugbuchungs-Methode überfordert waren. Und sie waren ebenfalls beeindruckt von seinem Charme und seiner Hilfsbereitschaft. Schon allein, wenn sie seinen Namen aussprachen, durchfuhren meinen Körper aufregende Schauer. Und bereits frühmorgens beim Aufwachen schwebte mir sein Bild vor Augen. Sein Bild, seine warmen Augen, seine Stimme schliefen auch mit mir ein.

Dann kam der Tag, an dem er nach Frankreich musste. Ich vermisste ihn schon, bevor er sich von mir verabschiedete und speicherte seine Umarmung in meinem Herzen.

Wir schrieben uns Mails oder telefonierten regelmäßig. Er berichtete von seinen Erlebnissen und seiner Freude an dem Job. Einmal erzählte er von seiner Mutter, die ihn nie gewollt hatte, von seinen Pflegeeltern, für die die Bedürfnisse eines Kindes nicht mehr wert waren als nutzloser Boden. Seine Lebensphilosophie, offenbarte er, nämlich jederzeit Engagement zu zeigen, um geliebt zu werden, wäre geboren aus jenem ersten Moment, an dem er gespürt hätte, dass er als Kind niemals und von niemandem erwünscht war.

Er erzählte von seiner ständigen Angst, auf andere Menschen angewiesen, ihnen in irgendeiner Form verpflichtet sein zu müssen und seine Unabhängigkeit zu verlieren. Und deswegen würde und könne er niemals um Hilfe bitten, selbst wenn er diese dringend brauchen würde. Er glaube, dass andere ihn deswegen für arrogant hielten. Es gelinge ihm nie, verbindliche und verlässliche Kontakte zu knüpfen. Er selbst fühle auch, dass er keinen Menschen wirklich an sich heranlassen könne.

Ich war überrascht über diese Worte und darüber, dass er sich mir gegenüber so öffnete. Und ich schrieb zurück, er solle den Erwartungen anderer nicht nachgeben und selbst entscheiden, wer oder was er sein wolle. Er antwortete nur kurz, nämlich, dass er mich vermisse – und Isa und Juliane.

Gierig nahm ich jeden Satz auf, den er mir schrieb und las alles, alles, alles, immer doppelt oder dreifach oder vierfach oder mehr. Konstant lag ein Zauber zwischen seinen Zeilen. Des Öfteren verfasste er Gedichte, die ich bewerten durfte. Hin und wieder erhielten auch Isa und Juliane eine Nachricht von ihm, die jedoch nur aus einem kurzen Gruß bestand. Juliane gab zu, ein bisschen neidisch zu sein und lächelte mir mit gespitzten Lippen zu, als wenn sie meine Empfindungen für Jo erahnte. Für diese schämte ich mich. Ich glaubte, kein Recht zu haben, ihn zu begehren und wünschte mir, meine Sehnsucht würde sich verflüchtigen wie Schaum. Dennoch suchte ich zwischen seinen Worten ständig nach Zeichen seiner Zuneigung. Ich durfte ihm nicht sagen, was ich empfand, zu sehr befürchtete ich, dass mein Geständnis einem Windhauch gleichkäme, der den Zauber zwischen uns zum Erlöschen bringen würde.

Der Tag seiner Rückkehr war endlich da, und ich freute mich wahnsinnig, ihn heute, wie vereinbart, wieder zu sehen. Einen Anschlussvertrag bis zum Jahresende hatte ich bereits vorbereitet. Ich stand morgens schon um fünf Uhr auf und brauchte Stunden für mein Aussehen. Nach einer Haarmaske und einer Gesichtspackung duschte ich ausgiebig und ölte danach meinen Körper mit kostspieligen Essenzen, die ihn in einen verführerischen Hauch tauchten. Für diesen Tag hatte ich mir ein neues Outfit besorgt, etwas gewagter, als mein gewöhnlicher Style. In göttlicher Ektase schwebte ich zu meinem Büro.

Das Telefon klingelte direkt, als ich es betrat. Es war Jo, der mir erklärte, er brauche wieder mehr Zeit für sein Studium und könne deswegen nicht weiter für mich arbeiten. Er bedankte sich für meine Freundlichkeit und für alles Entgegenkommen. Wie betäubt legte ich auf.

Am späten Nachmittag versuchte ich durch einen Spaziergang am Fluss wieder einen halbwegs klaren Kopf zu bekommen.

Die schwach einsetzende Dämmerung sorgte für eine geheimnisvolle, beunruhigende Illustration des Flusses mit seinem ungebändigten einsamen Ufer. Einige Minuten lang war mir, als wäre ich ganz allein in diesem wilden Stück Natur.

Und dann sah ich sie.

Jo und ... Juliane. Engumschlungen, wie verschweißt, saßen beide im Ufergras. Kein Blatt Papier hätte sich zwischen sie drängen können. Sie verdichteten gerade ihr Vertrauen.

DICKE FREUNDINNEN

Der nasse Winter war urplötzlich vergangen. Im schimmernden Sonnenlicht dieses Aprilmorgens erriet man nichts mehr von dem wochenlangen melancholischen Dauerregen und dem unnachgiebigen kalten Wind, der welke Blätter noch vor kurzem durch Fionas Garten trieb. Durch das herbeigesehnte Erwachen des Frühlings überaus fröhlich gestimmt, bereitete sie ein stilvolles Frühstück auf der Veranda vor, das sie mit ihrer langjährigen Freundin Samantha genießen wollte.

Da klingelte es schon. Fiona eilte zur Tür. Samantha, die für Brötchen gesorgt hatte, watschelte träge in die Küche, wo sie die Bäckertüte mit Schwung auf den Tisch pfefferte, zielgenau neben eine verschmutzte Kaffeetasse, die sogleich ihr Interesse auf sich zog.

»Hast du etwa schon *angefangen*, zu frühstücken?« Samanthas vorwurfsvoller Ton verdarb Fiona nicht auf Anhieb die Laune.

Samantha hatte einen ausgeprägten Hang zum Nörgeln. Das war Fiona gewohnt. Um ihr eigenes Harmoniebedürfnis zu erfreuen, sagte sie lediglich:

»Samantha, ich bin früh aufgestanden und habe erst mal einen Kaffee gebraucht.« Sie wirkte gelassen, während sie das sagte. Die Wahrheit war: Ihre Freundin war eine ganze Stunde später gekommen, als sie ausgemacht hatten. Auch diese Unart hatte schon so manche ihrer Unternehmungen verhudelt, denn es machte Fiona

Stress, dass Samantha mit Pünktlichkeit keinen Vertrag hatte und mit der Zeit anderer umsprang, als bedeute es das höchste Glück, auf sie zu warten.

»Aha.« Samantha schürzte die Lippen und nahm eine Schachtel mit Cappuccino-Portionsbeuteln vom Schrank. »Etwa dieses geschmacklose Zeug in den Tüten hier?«

Fiona rollte mit den Augen, nickte dann. Samanthas Hände griffen prompt in den Schrank, um sich eine Tasse zu nehmen.

»Mach' mir auch mal einen. Kenn' ich gar nicht.«

So. So. Aber gleich von geschmacklosem Zeug reden.

Ohne dass sie es sich anmerken ließ, begann es in Fionas Innerem ein wenig zu brodeln. Während auch der Wasserkocher desgleichen tat, schüttete sie die Brötchen aus der Tüte in eine Porzellanschale und drückte anschließend auf den Einschaltknopf der Kaffeemaschine. Dann löste sie das Cappuccino-Pulver im inzwischen heißen Wasser auf und reichte Samantha die Tasse. Argwöhnisch nippte diese vom Rand.

»Brrr… Scheußlich!«

War klar. Alte Meckerziege.

Ein angewiderter Blick walzte schamlos auf Fiona zu, als Samantha im selben Moment ihren Pulver-Cappuccino verächtlich in den Ausguss der Spüle schleuderte.

Seit Kindheitstagen waren sie Freundinnen, obwohl Fiona klar war, dass elementare Aspekte in Samanthas

Erziehung grob vernachlässigt worden waren. Fiona hatte den Ruf einer gutmütigen Seele, und das war es wohl, warum sie solange mit Samantha durchhielt.

Die Jahre waren nicht so liebenswürdig mit beiden umgegangen, wie sie sich das erträumt hatten. Ihre Gesichter glichen schon ein kleines bisschen zerfurchter Folie. Samanthas Körper hatte sich von Winter zu Winter mehr und mehr zu einer massigen, hügeligen Landschaft verwandelt. Und der von Fiona, mit Verlaub, ebenfalls.

»Geh' schon mal auf die Terrasse. Ich sehe mal eben nach den Eiern.« Fiona ignorierte Samanthas Cappuccino-Eskapade, obwohl die braune Brühe bis hoch zu den Fliesen gespritzt war.

»Wie? Terrasse? Ist das nicht zu kalt draußen?« Samantha maulte wie üblich und wies leicht empört auf den gedeckten Gartentisch.

»Wieso? Ist doch schon richtig warm.« Fiona nahm die Schale mit den Brötchen und trug sie hinaus, ohne auf die subtile Beschwerde ihrer Freundin näher einzugehen.

»Echt mal! Dann muss ich meine Jacke eben anlassen«, schmollte diese.

Fiona tat, als höre sie nichts, lief zurück in die Küche, langte nach den Eiern und brachte auch diese samt Kaffee ins Freie. An Tee brauchte sie gar nicht erst denken, denn Samantha rümpfte sowieso die Nase über ihr *unmögliches* Sortiment.

Hfff, hff,hff.... Samantha war Fiona gefolgt und schnüffelte. Geräuschvoll. An Fionas Tassen.

»Die stinken. Irgendwie nach Holz oder so.«

Fionas Mund füllte sich mit vielen bösen Worten, aber keines kletterte heraus.

»Riech' mal dran. Vielleicht liegt's an deinem Holzschrank, in den du dein Geschirr immer einbunkerst.« Sie hielt Fiona eine Tasse direkt unter die Nase.

Fiona schubste sie sanft zur Seite. »Ach, geh! Du mit deinem merkwürdigen Geruchssinn.«

»Und du mit deiner ewig unscharfen Nase.«

Endlich saßen sie am Gartentisch. Samantha packte ein Stück Käse aus einer Tupperbox. Schnitt diesen in dicke Scheiben. Nahm ein Brötchen. Beschmierte es ordentlich mit Butter und biss hinein.

»Lecker«, fand sie, während sie hingebungsvoll schmatzte.

Fiona probierte ebenfalls von dem Käsestück. Es war die gleiche Sorte, die sie vorhin auf einem Teller angerichtet hatte. Allerdings hatte sie den ihren an der Theke gleich in Scheiben schneiden lassen.

»Wenn du Müsli willst, schau hier.« Fiona deutete auf eine Glasschüssel.

»Danke, nachher vielleicht.«

»Und die Eier habe ich hier unter dem Tuch.«

Samantha ignorierte das Angebot. Sie biss vom Brötchen ab und nahm gleichzeitig einen Schluck Kaffee.

»Probier' mal *meinen* Käse. Super!« Großzügige Happen verschwanden gierig in ihrem Rachen und vermischten sich in ihrem Mund mit Kaffee, weswegen Fiona leicht angewidert zur Seite schaute.

»Hier habe ich die gleiche Sorte auf dem Teller. Sieh mal. Nur in Scheiben geschnitten, Samantha.«

Samantha schmiss ihr ein höhnisches Lachen ins Gesicht. »Ach, den ollen Scheibenkäse. Nee. Wirklich nicht. Danke, Gnädigste.«

Samantha schnitt ein zweites Brötchen auf, bestrich es wiederum großzügig mit Butter – und ihrem eigenen Käse.

Sonst rührte sie nichts an.

Nichts von der Geflügelsalami, liebevoll aufgeschichtet auf einem weißen Porzellanteller, garniert mit Gurken und Paprika, nichts vom Schnittkäse, nichts von den mit Mozzarella garnierten Tomaten, nichts vom Schinken, nicht die selbst gemachte Marmelade, nichts vom Obst. Nichts davon. Außer etwas Butter für die mit *ihrem* Käse belegten Brötchen.

Mit der Kaffeetasse in der Hand lehnte sie sich träge zurück, wobei ihr Blick prüfend über Fionas Terrasse wanderte und an zwei Büchern auf dem Beistelltischchen kleben blieb, in die Fiona am Abend zuvor hineingeschnuppert hatte. Samanthas fleischiger Hals beugte sich vielsagend nach vorn, während ihr Käsematschkauender Mund aus heiterem Himmel einen Angriff startete.

»Und übrigens, ich les' gerade ein Buch von Réné Roemers. Das kannst du dir mal ausleihen. Es ist wirklich bemerkenswert und lohnt sich besonders für *dich*. Der Autor schreibt gut und glaubhaft, und wenn du seine Theorie konzentriert verfolgst, dann würdest du endlich begreifen, dass du spinnst mit deinem unabdingbaren Glauben an Gott, Engeln, Seelenkram. Aber dich kann man auch sonst in vielen Dingen nicht wirklich ernst nehmen, meine Liebe. Da liegt schon wieder ein alberner Krimi herum.« Sie deutete mit dem Finger in Richtung der beiden Bücher. »Und wieder so ein philosophischer Scheiß-Ratgeber, wie ich erkennen kann. Wenn du morgen zu mir kommst – erinnere mich bitte daran – gebe ich dir das Buch von dem Roemers mit. Dann hast du endlich mal vernünftigen Lesestoff im Haus, in den du dich vertiefen kannst. Mit dem Kram, den du gewöhnlich liest, kannst du dir den Hintern putzen. Der Roemers wird sogar dir klarmachen, dass es weder einen Alleinherrscher im Universum gibt noch umherwandernde oder sich in andere Körper hineinzwängende Seelen. Selbst du wirst dich überzeugen lassen von...«

Fiona schichtete Himbeermarmelade auf ihr Quarkbrötchen und hörte nicht mehr hin. Wieder versuchte ihre Freundin, ihr eigenes Weltbild auf penetrante und provokante Weise anderen aufzunötigen. Fiona hörte ihr Herz kräftiger schlagen und spürte, wie ihre Hirnzellen rotierten und ratterten, fühlte, wie diese im Eiltempo erörterten, sannen, grübelten. Sie suchten nach einer friedlichen Lösung, wie sie dieser fruchtlosen Diskussion heute ausweichen konnten.

»Samantha, lass' es gut sein. Was ich lesen will, musst du schon mir überlassen. Du hast deine Meinung, und ich meine. Ich möchte meine Auffassung von der Welt behalten, ohne gleich für dich eine Spinnerin zu sein, nur weil ich glaube, dass unsere Wissenschaft noch lange nicht so weit ist – wenn sie überhaupt jemals so weit kommen wird – herauszufinden, ob Transzendenz möglich ist, ob es Dinge in unserer Welt gibt, die die sogenannte Normalität übersteigen. Weißt du, dass …«

Etwas an ihrer Mimik machte Fiona schaudern. Ihr war, als wollte sie ihr mit ihrem kampfbereiten Augenspiel Speere in Herz und Lunge stechen.

Samanthas Stirn legte sich in tiefe Kräusel.

»Liebe Fiona«, begann sie zu dröhnen, und ihre Stimme überschlug sich. Sie stand auf, um besser Luft zu holen. »Wir leben in einem Universum, in dem alle Elemente miteinander vereinbar sind – hierzu gehören keine Götter, keine Seelen und keine Gespenster. Begreifst du denn nicht? Du bist total von Sinnen mit deinen Vorstellungen. Schon lange denke ich, irgendjemand hat mal deinen Verstand entführt.« Sie setzte sich wieder und schüttelte beurteilend mit ihrem dicken Kopf.

Samantha schwamm wie ein Fisch in ihrer Rechthaberei. Sie war nicht in der Lage, sich bewusst zu machen, dass verschiedene Menschen zu einem Sachverhalt unterschiedliche Gedanken haben können. Und dass man diese hinnehmen kann. Und sogar ohne zu schreien.

»Komm' wieder runter. Du glaubst wohl immer noch, wer herumbrüllt hat die besseren Argumente. Lass' uns in Ruhe frühstücken, Samantha.«

Fiona traute sich nicht zu fragen, ob Samantha vielleicht all die Jahre, die sie sich kannten, aus irgendeinem Grund neidisch oder wütend auf sie war. Jedenfalls schien sie Fiona hin und wieder klein machen, demütigen zu wollen. Mit welchem Recht?

»Magst du noch Kaffee?« Fiona versuchte immer noch, ihre Haltung zu bewahren.

»Nee, danke. Kaffeekochen musst du wirklich noch lernen.« Samanthas Lächeln war hochnäsig.

Fiona stand auf und holte eine Flasche Mineralwasser.

»Ach du Schande. Trinkst du etwas jetzt *das* Wasser? Viel zu natriumhaltig. Weil's billig ist, was?«

Fiona war allmählich doch eingeschnappt, fühlte abermals, dass sie diplomatisch sein und Kompromisse machen musste, damit die Siegel, die sie beide über Jahre zusammengehalten hatten, nicht brachen.

Sie stapfte in den Keller und fand zum Glück noch eine Flasche des natrium- und kohlensäurearmen Wassers, mit dem auch ihre Freundin vorliebnehmen würde, weil sie es auch zu Hause trank.

Beide schafften es tatsächlich noch, sich friedlich über Nachbarn und Kollegen zu unterhalten, bis Samantha aufstand, um zu gehen. Aber nicht, bevor sie ihren heiligen Käse wieder in ihrer Tasche verstaut hatte. Für den nächsten Tag hatten sie sich nachmittags zum Kaffee verabredet, und Fiona hatte vorgeschlagen, einen Kuchen zu backen.

Bevor sie aber ging, deutete Samantha noch schnell mit zwei Fingern an die Wand über dem Esstisch in der Küche, wo sie ihre Tasche gelagert hatte.

»Ist das etwa Annika auf den Fotos hier?« Samantha rümpfte die Nase und wies mit dem Finger auf ein Foto, auf dem Fionas Tochter wunderschön getroffen worden war und welches Fiona erst vor ein paar Tagen aufgehängt hatte.

»Du kennst Annika, Samantha. Wer sonst sollte es sein? Eine Doppelgängerin?«

»Hab' ich nicht erkannt. Sie sieht anders aus. Ganz schön geschminkt, was?«

»Dezent geschminkt«, antwortete Fiona lapidar.

»Wenn du meinst. Ich finde es unmöglich. Also dann, bis morgen Nachmittag.«

Als die Tür hinter Samantha zuschlug, lachte Fiona ein leckeres, kaum berührtes Büffet an. Nach ein wenig Eigenbedauern räumte sie es ab und begann danach, den Kuchen für den nächsten Tag zuzubereiten.

Als sie tags darauf bei Samantha eintraf, begrüßten sie noch zwei Freundinnen aus Samanthas Spieleabend-Club. Fiona kannte die beiden Frauen kaum, hatte auch keine Ahnung, dass sie auch eingeladen waren. Aber nun gut. Da ihr leicht flau im Magen war – wovon denn nur? – trank sie lediglich einen Kamillentee, um sich danach rasch wieder zu verabschieden. Sie bekam jedoch noch mit, dass Samantha sich gierig das dritte Stück ihrer Torte in den Mund steckte. Ohne zu meckern!

Abends rief sie Fiona an, um das Rezept zu erfragen. Unzweifelhaft hatte es ihr gemundet.

Offen gestanden, wusste Fiona nicht, wie der Kuchen geschmeckt hatte. Und das Rezept wusste sie ebenfalls nicht mehr so genau. Wenn sie sich recht erinnerte, hatte sie sich eine Dose Katzenkost – die gute, die ihrer Minka zugedacht gewesen war – vom Küchenregal geschnappt, und diese mit vier Esslöffeln Meerschwein-chenfutter vermengt, was die kleinen Nager ihr verzei-hen mögen. Sodann hatte sie drei Eier und zwei tote Fliegen in den Teig geknallt und mit einer Handvoll Staub aus dem vollen Beutel des Staubsaugers, Mehl, Backpulver, Zucker und Zimt für die richtige Konsistenz und den Geschmack gesorgt.

Fiona freute sich unbeschreiblich, ihre langjährige Freundin endlich einmal zufrieden gestellt zu haben.

REVANCHE

Ebbe. Düstere Wolken segeln über dem Watt. Ruth verweilt kauernd zwischen den Dünen, und es scheint, als studiere sie die unzähligen Schlammhügel, die wie kleine Vulkane aus der Wattfläche lugen. Doch ihr Blick geht vollkommen ins Leere.

Auf einmal steht sie abrupt auf, schüttelt sich den Sand von den Knien. Die Idee, jetzt, genau jetzt, einen längeren Fußmarsch in Richtung St. Joostergroden zu machen, zum Haus mit der hohen Ligusterhecke, umklammert sie schlagartig.

Der Wille ist stark, doch die Mutlosigkeit behält den Kopf oben. Was würde es auch für einen Sinn machen? Ruth wischt sich mit dem Jackenärmel die Tränen vom Gesicht und hockt sich wieder hinunter in den kalten Sand.

Amelie ist nun schon ein Jahr tot, und Ruth bringt es noch nicht fertig, dieses bestimmte Haus, den Ort der Katastrophe, noch einmal aufzusuchen, um ..., *ja, was?*

Es war ein bedauerlicher Unfall. Das versuchte die Polizei ihr klar zu machen, genauso redete sich damals auch der Hausherr fein heraus. Ein Unglücksfall, nichts weiter. Aber das ist auch ein Jahr später immer noch nicht Ruths Standpunkt. Oh nein! Natürlich, ein Unfall war es ganz und gar, jedoch einer, der aus Ruths Sicht durchaus zu vermeiden gewesen wäre.

Am Horizont erscheint, wie in den Wolken eingeschmolzen, ein weißes Dampfschiff. Mit einem solchen Dampfer hatte sie mit Amelie noch am Vormittag des Katastrophen-Tages einen Ausflug gemacht. Amelie. Kleine süße Amelie. Wäre nur dieser verdammte Hund hinter der Gartenhecke nicht gewesen, so würde ihre kleine Tochter noch leben. Sie wäre nicht vom plötzlichen Bellen des hinter der Hecke verborgenen, und dadurch für sie nicht sichtbaren Köters, völlig erschreckt vom Fahrrad gestürzt und mit dem Kopf gegen einen großen Findling am Straßenrand geprallt. Und dann war sie tot liegen geblieben.

Der Hausherr war nicht für ihren Tod zur Rechenschaft gezogen worden.

Morgen würde Ruth wieder nach Hause fahren. Und fortan weiter mit der schrecklichen Unfallszene im Kopf und ihren Beruhigungsmedikamenten leben. Sie hat angenommen, dass ... ja, was denn? Sie weiß ja selbst nicht einmal so genau, warum sie wieder hierhergekommen ist, in dieses verhängnisvolle Horumersiel an der Nordsee.

Sie entscheidet sich schließlich, ein bisschen durchs Watt zu laufen. Kalt ist es geworden und sie zieht die Kapuze ihres Anoraks über den Kopf. Sie watet schnell voran inmitten von Matsch, Schlamm, Krebsen und Muscheln.

Da ist plötzlich eine Silhouette, die sich ein paar Meter vor ihren Augen ins Bild drängt. Ein Hund. Und dann vernimmt Ruth das Geräusch von Matschschritten hinter ihr und keuchenden Atem. Mit tosendem Herzen dreht sie sich um.

Justus Janssen steht hinter ihr. Der Hausherr vom schlecht erzogenen Hund hinter der verhängnisvollen Gartenhecke. *War das Schicksal? Wer schickt ihn ihr?*

»Ganz schön frisch geworden heute und ziemlich früh dunkel«, sagt Herr Janssen. Und begreift nicht, wer die Frau ist, die sich zu ihm umgedreht hat und ihm nun Auge in Auge gegenübersteht. Nicht sofort.

Sie schweigt, steht starr. Verwirrt mustert sie sein Gesicht, als wäre er ein Geist. Justus Janssen schaut sie fragend an. Und *dann* erkennt er offensichtlich, wen er vor sich hat. Die Augen weit aufgesperrt, den Mund offen, fährt er mit einer Hand über seine Lippen, als versuche er schleunigst, jedes unüberlegte Wort zurückzuhalten. Nach einigen Schweigesekunden fragt er unsicher, wie es Ruth gehe. Ruth verspürt Übelkeit. Beide starren sich an. Nun endlich fasst sie sich, ist vermeintlich in der Lage, wieder zu sprechen.

»Laufen wir ein Stück zusammen?«

»Gut«, sagt er nur und nickt mehrmals.

Stumm marschieren sie eine Weile. Ruth bricht plötzlich das Schweigen.

»Ich werde mit dem Tod meiner Tochter nicht fertig.«

»Es tut mir so leid für Sie.«

Ruth sagt hierzu nichts. Was denn auch?

»Neuer Hund?« Sie sieht Janssen von der Seite an.

»Ja. Den anderen, ..., also, ich habe ihn ins Tierheim gebracht. Ich konnte die Sache nicht ertragen.«

»Die Sache?«

Er bleibt stehen. Zögert. Senkt die Stimme. Betroffen sieht er sie an. Mit ein bisschen Menschenverstand müsste Ruth sein Bedauern und sein immens schlechtes Gewissen an und für sich bemerken.

»Ich meine den Unfall. Den Unfall mit Ihrer Tochter.«

Sein Tonfall und seine Augen enthüllen seine Seele. Er leidet sehr unter dem Ereignis vor einem Jahr. Jeder hier im Ort weiß das. Ruth will es nicht wissen.

»Herr Janssen, Ihr Hund ... er hat diese *Sache* verursacht.« Sie bekommt kaum Luft, fasst sich an den Hals. Ihre Stimme überspringt mehrere Tonlagen, als sie fortfährt. »Hätte er nicht ganz plötzlich so diabolisch angefangen zu bellen, verborgen hinter Ihrer Hecke, würde Amelie noch leben. Sie hätte sich nicht erschrocken, wäre nicht vom Rad gestürzt, würde noch – hören Sie gut zu – l e b e n!« Jetzt flüstert sie laut. »Amelie war fünf Jahre! Fünf! Sie war mein Leben. Alles, was ich geliebt habe, alles, wofür ich leben wollte. Ich hatte nur sie.«

Justus Janssen läuft ohne einen Ton zu sagen, neben ihr her. Sein Gesicht ist bleich.

Ruths Ton schwingt mit einem Mal in Sachlichkeit um. »Im Übrigen müssen wir langsam zurück. Die Flut ist schnell.«

Er zuckt nur mit den Schultern.

»Es tut mir aufrichtig leid! Ich sage es noch einmal. Es tut mir alles so leid. Ich schwöre es Ihnen.« Er weint.

Sein neuer Hund, ein Golden Retriever, ist vorgelaufen. Herr Janssen kümmert sich nicht darum. Er sieht Ruth flehend an. Diese will nicht verzeihen.

»Sie Armer. Ein ungezogener Köter gehört eingesperrt. Jeder Hundehalter sollte seinen Hund nicht im Garten laufen lassen, wenn dieser dazu neigt, aus einem Versteck heraus auf der Straße vorbeifahrende Radler anzubellen.«

Er räuspert sich. »Ich habe Ihnen eine Entschädigung angeboten.«

Falsches Wort...

»Entschuldigen Sie, ich wollte Ihnen damals ... helfen, ich wollte ...«

Er krümmt sich heftig, nachdem Ruth ihn in die Eier getreten hat. Rutscht aus.

Geld hatte er ihr geboten. Für die Beerdigung. Stimmt ja.

Sie schaut sich um.

Sein blöder Hund läuft einfach weiter voraus.

Blitzschnell greift Ruth in die Tasche ihrer Jacke. Ihre kleinen Helfer hat sie erfreulicherweise immer dabei. Schon eine Tablette beruhigt enorm, macht jedoch auch vollkommen müde, und das pfeilschnell. Ruth nimmt sie abends, da sie sich unmittelbar nach dem Auflösen der Pillen in der Mundschleimhaut schon schachmatt fühlt, aber dann wenigstens ein paar Stunden schlafen kann.

Rasch drückt sie fünf von ihnen aus der Packung, nachdem sie Justus Janssen in unsäglicher Wut einen heftigen Tritt ins Gesicht verpasst. Wut und Trauer steigern die Kraft in ihr.

Justus ist völlig benommen, sein Versuch, sich aufzuraffen, scheitert. Er ist nicht fähig, sich aus dem Matsch zu erheben. Noch einmal tritt Ruth zu. War sie jemals brutal gewesen? Nie. Sie erschrak vor sich selbst. Für Besonnenheit und Verständnis war in ihrem Herzen gerade kein Platz. Die Vernunft erreichte ihren Verstand nicht mehr.

Vielleicht bin ich doch hergekommen, weil ich intuitiv gespürt habe, dass das Schicksal mir eine Vergeltungsmöglichkeit schenkt oder der Zufall mir eine Chance eröffnet?

Sie reißt dem im Schlamm kauernden Mann den Kopf nach hinten, während sie ihm die soeben hervorgeholten Tabletten zwischen die Lippen stopft und diese zudrückt, damit er die Arznei im Mund behält. Die kleinen Helfer lösen sich gewöhnlich rasch auf.

Justus kann sich nicht wehren.

Soll er auch nicht. Er wird gleich ruhig sein, sein Bewusstsein verschleiert, wenn die Wellen sein Leben auslöschen. Und somit die Schuld.

Das Hochwasser schreitet voran. Sie dreht sich um und sieht den Golden Retriever herannahen. Ob er bei ihm bleibt, bis die strafende Flut beide bedeckt?

Er bleibt.

Ruth tritt den Rückweg allein an. Es wird Zeit, wenn sie nicht auch im Meer verenden will.

Wie spät es ist, sie weiß es nicht. Es ist einerlei. Sie sitzt auf dem Deich. Schaut mit Muße hinunter in die Brandung. Hose und Jacke sind durchtränkt von Nässe. Sie fühlt nichts. Überhaupt nichts.

Die Flut wirft hohe Wellen auf den Sand. Die Flut, ein Instrument sauberer Gerechtigkeit.

SPINNWEBEN

»Mamaaa!« Jemand rüttelte mich an den Schultern.

»Der Mann von der Rezeption hat angerufen.« Es war die aufgedrehte Stimme meiner Tochter Josefina, liebliche 15 Jahre alt, die mich aus meinem nächtlichen Kino jäh aufschrecken ließ. Was war das soeben wieder für Mist, den mein Kopf sich scheinbar aus den Tiefen meiner Seele, oder was weiß ich woher, wieder zusammengeschustert hatte! Irgendjemand, ein Mann war es wohl, hatte seine Arme ausgestreckt und mir ein großes Herz aus undefinierbarem Stoff dargeboten. Pochend war es und von einem durchdringenden Rot, umfangen von einem tanzenden Feuerkranz.

»Nimm«, hatte der Unbekannte gesagt. »Dies ist mein Herz. Halte es und gebe darauf Acht. Es will bei dir sein. Aber ich selbst bin nicht dafür gemacht, ganz und gar für immer bei jemandem zu bleiben. Wenn ich ganz bei jemandem bleibe, dann bin ich nicht mehr. So nimm nur mein Herz und warte nicht auf mich.«

In dem unerklärlichen Wissen, dass ich mich nicht verbrennen würde, hatte ich zögernd nach dem Herz gegriffen. Als ich das Ding fest in meinen Händen gespürt hatte, ist mir schwindlig geworden. Durch einen Schleier hatte ich den Unbekannten im Blick, nahm wahr, wie seine Augen kühl und kühler und schließlich ganz eisig wurden, und dann hatte er sich umgedreht und war davongelaufen, während der Flammenkranz um das Herz erlosch. Stattdessen wurde es überzogen von einem Spinnen-Netz, welches in rasanter Geschwindigkeit Gestalt annahm. Das Herz in der einen Hand, hatte ich mit der anderen an den Fäden gezerrt, um sie zu zerstören. Meine Finger waren dabei klebrig geworden und sind angeschwollen. Meine andere Hand hatte weiterhin das Herz gehalten, welches wie angeleimt gewesen war. Wieder und wieder hatte ich an den Fäden gerissen, bis ich einen großen Teil davon endlich vernichtet hatte. Und sofort hatten sich neu Ausläufer gebildet.

»Mensch, Mama. Dein Portemonnaie ist gefunden worden! Mama!« Unscharf erspähte ich das Lippenpiercing und die kurzen blonden Haare von Josefina.

»Boh.... Guten Morgen, mein Schatz. Ich hab' mal wieder angeregt geträumt... oh...!«

Lag ich tatsächlich quer im Bett?

Mir war eigenartig zumute, schwindelig. Noch schwankend zwischen Traumwelt und Wirklichkeit, strich ich mir mein langes rotes Haar aus den Augen und blinzelte nervös in das zarte Morgenlicht. Eine bizarre Ahnung, dass dieser Tag kein gewöhnlicher werden wird, boxte mich in die Magengrube. Das Zerbrechen meiner langjährigen Freundschaft mit Esther vor ein paar Tagen sowie die fast gleichzeitige spontane Zuwendung meines Freundes zu seiner Jugendliebe Cornelia, die er auf einer Klassenfeier wiedergesehen hatte, sorgte in meinem Gemüt für eine gewisse Überspanntheit. Um auf andere Gedanken zu kommen und außerdem, weil ich, Englisch-Dozentin an unserer Volkshochschule, nun Ferien hatte, gönnte ich mir mit meiner Tochter spontan einen Vier-Tage-Urlaub in London. Ein Mittelklassehotel nahe Paddington-Station, ein bisschen Großstadttrubel, ein bisschen Amüsement, ein bisschen Shoppen, ein bisschen Spaß. Josefina war begeistert. Und ich hoffte, für kurze Zeit fliehen zu können vor meinem schlechten Gewissen gegenüber meiner Freundin, bei der ich mich einmal mehr als nötig gründlich danebenbenommen hatte.

Ich höre sie noch sagen: »Lili, mir reicht's. Ständig übst du auf kleinliche Weise Kritik, übergehst dabei den Zusammenhang und kannst nichts einstecken! Du schreist, wenn dir etwas nicht passt, zeigst keinerlei Toleranz gegenüber Andersdenkenden. Du hältst dich an keine Vereinbarung mehr, machst, was du willst. Du konzentrierst dich einzig und allein darauf, was *dich* interessiert, als wärst du allein auf der Welt. Und wenn ich dich freundlich darauf aufmerksam mache, wirst du auch noch aggressiv. Nichts kann man dir sagen, gleich bist du die berüchtigte Leberwurst, die beleidigte! Und alle meinen es ja nur wieder soo böse mit dir!«

Esther war wütend gewesen, was man bei ihr selten erleben kann. Weil sie so außer sich gewesen war, hatte dann ein Vorwurf den nächsten gejagt, und – sicher, es war wie immer -, ich hatte geschrien:»Wenn es so schrecklich ist mit mir, dann unternehmen wir eben nichts mehr gemeinsam. Dann lass mich in Zukunft in Ruhe.«

Meine Donnerstimme begleitete diesen letzten Satz, den ich meiner Freundin zugerufen hatte. Das mit der Donnerstimme probiere ich hin und wieder, wohl um mit diesem Gebrüll mein Gefühl von Unzulänglichkeit zu kompensieren. Ich will mich nicht klein und hilflos fühlen. Alles, alles in mir, krampft sich zusammen, wenn ich von einem Vorwurf bedroht werde, wenn ich kritisiert werde. Ständig zweifele ich an allem und jedem, glaube selten, dass es jemand gut mit mir meint, eher bin ich davon überzeugt, dass Menschen mir nicht wohlgesinnt sind.

» ... gleich bist du die berüchtigte Leberwurst, die beleidigte! Und alle meinen es ja nur wieder soo böse mit dir!« Das haftet jetzt in meinem Kopf und stimmt mich traurig.

Esther hat Recht, meine misstrauische Einstellung macht auch nicht Halt vor meinen Freunden und Bekannten, nicht mal vor ihr, meiner ehemals besten Freundin, nicht vor Tommy, meinem Ex, der es mit mir nicht mehr aushielt und seit ein paar Tagen nun leider anderswo schwänzelt ...

Ganz schön bitter, aber ich kann nicht raus aus meiner Haut. Ich fühle mich selten geborgen und kann nicht vertrauen.

»Liliana«, hatte mein Ex kürzlich noch gesagt, »irgendwann in deinem Leben hast du den Glauben an das Wohlwollen anderer verloren. Unaufhörlich beäugst du jeden Menschen mit überzogener Skepsis, suchst in einer Tour nach dem Haken.«

Es stimmt. Was die beiden sagten, meine ich. Wenn ich ehrlich darüber nachdenke, okay, dann könnte es schon sein, dass ich Sätze, Worte, Situationen oft mit einer Gewissheit so auslege, dass alle gegen mich sind. Ich würde es gern ändern, wenn ich könnte.

Meine aufgrund des Teenageralters nicht immer nur süße Tochter machte sich nun daran, an meiner Bettdecke zu ziehen.

»Mama, komm'. Steh' doch auf. Eine Frau aus einer Stadt namens Pelsall hat dein Portemonnaie gefunden. Der Mann von der Rezeption hat gerade angerufen.«

Ach ja. Du lieber Himmel! Stimmt, das auch noch. Erst als wir gestern Abend im Hotel angekommen waren, hatte ich den Verlust meiner Geldbörse bemerkt. Ich musste sie in der U-Bahn verloren haben oder auf dem Fußweg von der U-Bahn ins Hotel. Josefina und ich hatten abends nur noch die Rezeption über den Verlust informiert – für alle Fälle – und uns vorgenommen, uns heute um alles Weitere zu kümmern.

»Dein Portemonnaie lag auf dem Boden in der U-Bahn. Die Frau, die es aufgehoben hat, hat es zunächst mit nach Hause genommen, weil sie wegen eines Termins, den sie nicht absagen konnte, keine Zeit hatte. Später hat sie im Portemonnaie die Reservierungsbestätigung unseres Hotels entdeckt und hier angerufen.«

»Wow. Das nenn' ich mal Glück, Josie. Ich dusch' ganz schnell, kannst du dich inzwischen am Empfang unten nach der genauen Adresse und Telefonnummer dieser Frau erkundigen?«

»Geht klar, Mama.«

Ein Anruf bei der Finderin, ein schnelles Frühstück und schon saßen wir im Zug nach Pelsall, einem kleinen Ort nahe Birmingham.

Zwei Stunden würden wir fahren, derweil folgten die Spinnen-Netze aus meinem Traum unablässig meinen Gedanken, denen ich normalerweise auf Zugfahrten genüsslich nachhänge, während Josefinas Interesse sich selten auf etwas anderes als ihr Smartphone fokussiert.

Was wollte mir der Traum sagen? Ich fühlte, *dass* er mir etwas mitteilen wollte. Der Fremde heute Nacht hatte Unheilvolles an sich gehabt, ganz klar. Wen wollte er verkörpern? Meinen jämmerlichen, nach dem Selbstmord meiner Mutter, sich langsam zu Tode saufenden Vater, der mich mit einem klebenden Herz an sich binden will, damit ich für ihn sorge?

Zehn Jahre alt war ich, als Mama starb. Fortan war ich den dreisten Vorwürfen meines Vaters ausgeliefert. Die Sätze, die mich am meisten verletzt haben, bleiben in meiner Seele gespeichert. Niemals mehr werde ich sie los.

»Wegen dir hatte Mama plötzlich Depressionen, weißt du das? Wegen deiner Anwesenheit, du Zufallskind.

Aber sie wollte ein Kind, sie wollte einfach, dafür war ihr alles Recht. Alles! Hörst du! Und dann konnte sie auf einmal nicht mehr.«

»Du gehörst nicht zu mir, auch nicht zu Mama«

»Kann man ein Kind zurückgeben?«

«Wir haben einen Fehler mit dir gemacht.«

Was für Aussagen du gemacht hast, Papa! Die Chance, ein gesundes Selbstvertrauen zu entwickeln, war mir dadurch vorenthalten. Auch heute ist mir die Gemeinheit und Bedeutung deiner betrunkenen Worte nicht wirklich verständlich. Alkoholkrank zu sein, entschuldigt nicht alles.

»Wenn es dich nicht geben würde, wenn deine Mutter nicht unbedingt ein Kind hätte haben wollen, mit dem ich jetzt allein dastehe, verflucht, dann würde ich nicht trinken, du rotziges Gör! Du bist aufsässig und anstrengend und raubst mir all die Zeit in meinem Leben, die ich ursprünglich für andere Dinge vorgesehen hatte.«

Mit solchen Sätzen bekamst du dein Mädchen klein, Papa.

Mein Herz schlägt wild, wenn ich mich an diese rohe und kränkende Zeit nach dem frühen Tod meiner Mutter erinnere.

Sicher ist es am einfachsten, sich als Eltern nicht verantwortlich zu fühlen. Ihre Kinder aber sollen es sein. Ja, ja, so funktioniert es. Du als ehemaliger Beamter der Bezirksverwaltung, abwechselnd vertraut mit der Leitung des Dezernates für Bildung, Familie und Jugend sowie dem Dezernat für Ordnung und Bürgerservice, du mit so viel Macht und Einfluss, gerade dir hätte jedermann zugetraut, dass du deine Pflichten nach Mamas Tod wahrnimmst und mich trotz fehlender Mutter in Geborgenheit hüllst. Stattdessen hast du mich vernachlässigt und beschimpft. Dass du in deinen letzten Tagen herumgelaufen bist wie ein verwilderter Hund. War das noch meine Pflicht, dir zu helfen? Ich konnte es gar nicht. Und dann bist du besoffen vor den Bus getorkelt und warst tot, du Idiot.

Josefina stupste mich. Bloxwich Station. Wir stiegen aus und nahmen ein Taxi nach Pelsall.

62 Mill Road, Sharon und Peter Wyler. Da waren wir. Angelangt am Ort der redlichen Finderin. Vor uns sahen wir ein sympathisches Haus im Cottage-Stil mit antiken graubraunen Verblendsteinen, gemauerten Rundbögen um die Fenster, ein keck vorspringendes Spitzdach im Eingangsbereich, ein ziegelgedecktes Satteldach. Wunderschön. Noch anziehender aber wirkte auf mich der Vorgarten mit seinen Kieswegen, der von Rhododendren in verschiedenen Farben behütet wurde. Ich zog Josefina am Arm, weil sie direkt die Haustür ansteuerte. Ich wollte nicht sofort hinein; aus unerklärlichem Anstoß zog es mich zunächst hinter das Haus. Mein Atem ging schnell und ich spürte wieder einen leichten Schwindel wie heute Morgen beim Aufwachen. Wir schlichen uns den mit kleinen roten und grauen Pflastersteinchen verzierten Weg entlang um das Haus herum. Waren nun

umgeben von einem kleinen Traumgarten. Es war hier merkwürdig ruhig, hatte doch vorhin noch ein kleiner Wind geweht, begleitet von leichtem Donnergrollen.

Die Stille, die hier herrschte, verblüffte mich. Alles in diesem Garten strahlte eine große Ruhe und ein Gefühl von absolutem Sichersein aus.

Und dann passierte etwas mit mir. Wiederum verfolgte mich mein Traum auf seltsame Weise. Vor meinem geistigen Auge formten sich Spinnweben. Ich spürte, wie sie ihr Tribut forderten, sah, wie sie sich über den Garten spannten und sich verdichteten. ...

Und da bin ich. Genau in diesem Garten hier. Ich erkenne mich. Ich bin noch recht klein. Ich trage ein rotkariertes Hängekleidchen, weiße Schühchen, und meine Haare sind zu einem Pferdeschwanz gebunden. Dieser Apfelbaum mittig im Rasen – er beginnt allmählich zu schrumpfen. Löst sich auf. Im hinteren Bereich, wo sich eben noch die Lilien und Wicken am Zaun festhielten, wächst nun an deren Stelle in Zeitlupe ein Holunderbusch, die alte Buche bringt jetzt im Zeitlupentempo eine Holzschaukel hervor, befestigt mit dicken Stricken, die an einem Ast herunterhängen. In der Ecke links davon verflüchtigt sich der dort angelegte Kräutergarten und versinkt in der Erde, während sich an gleicher Stelle ein Sandkasten aufrichtet und der Schwindel in meinem Kopf nicht nachlässt.

Vermutlich geboren aus meinen Träumen oder Erinnerungen oder Wahnvorstellungen ... erscheint ein Mann, den ich liebhabe und der mich rügt, weil ich mit meinem Dreirad abermals allein zum Zeitungshändler gleich um die Ecke gefahren bin, um mir meine Gratisbonbons abzuholen, die der Ladenbesitzer dort immer für mich bereithält. Mein Kopf modelliert weitere Bilder. Mein Dreirad ist lila. Ich liebe diese Farbe immer noch. Ich steige auf und flitze mit dem Rädchen aus dem Garten, gondle auf großen grauen Gehwegplatten um das Haus herum, biege links auf den Bürgersteig. Dabei weiß ich genau, ich darf es nicht. Mama und Papa werden wieder sauer sein, wenn sie es erfahren. Aber die Bonbons schmecken köstlich und immer, wirklich immer, gibt der Mann aus dem Laden mit den vielen Zeitungen und Zigaretten und Süßigkeiten mir welche. Es ist doch nur um die Ecke.

Doch an diesem Tag ist es anders. Der Mann aus dem Zeitungsladen sagt, ich darf mir drei Bonbons aussuchen, mehr heute nicht. Ich will sie mir gerade nehmen, komme aber nicht mehr dazu, weil es einen so furchtbar lauten Knall gibt. Die große elegante Dame, die neben mir steht und eine Zeitschrift in der Hand hält, bekommt ganz weite Augen vor Schreck. Vor uns ist Feuer. Ein großes Feuer. Es kommt in den Laden. Der Mann, dem der Laden gehört, brüllt laut, drei andere Männer laufen herbei und rufen sich irgendwas zu. Die Frau aber packt mich am Hals, ganz fest, so dass ich meine Kette verliere, zieht erst an meinen Schultern, hebt mich dann hoch, öffnet eine braune Tür in dem

Laden. Dahinter ist eine Treppe. Mit mir auf dem Arm rennt sie diese Treppe hinunter, raus aus dem Haus, wieder ein paar Außenstufen hinauf und dann auf den Seitenstreifen vor einer Hecke. Dort steht ein Auto, groß und dunkelblau. Ich will meine Kette. Die Kette mit meinem Namen, die ich von Tante Megan geschenkt bekommen habe. Sie schubst mich auf die Rückbank, klettert selbst hinein, streichelt mein Haar und hält mich in ihren Armen, sehr, sehr fest. Ich muss weinen. Draußen sammeln sich Leute, ich höre eine Sirene, viele Stimmen. Der Mann am Steuer schimpft mit der Dame, die mich hinausgetragen hat. Die Dame ruft ihm zu, er solle abhauen! Schnell! In dem Trubel würde ‚sowas‘ gar nicht auffallen. »Schnell, … mach doch…!« Beide sprechen eine andere Sprache. Ich verstehe sie nicht. Zuerst nicht. Nun übersetzt mein Kopf. Sie sprechen deutsch wie ich. Das verstehe ich auf einmal. Ich glaube, ich bin vier Jahre, ja, das weiß ich jetzt, und ich kann doch nur Englisch – oder nicht?

Dann fahren wir. Fahren wohin? Der Weg ist weit. Unser Auto schwimmt auf einem Schiff mit dem Wasser… Meine Hirngespinste schwimmen auch, schwimmen im Wasser, tauchen in Nebel, werden heller, durchsichtig. Die Chimären verlassen mich. Ich stütze mich auf Josefina. Fühlt es sich so an, wenn man von einer Minute auf die andere verrückt wird?

Josefina hielt mich fest umklammert, indessen sich die Bilder verloren. Der Film war zu Ende. Fassungslos stieß ich einen lauten Schrei aus.

»Mama, Mama, was ist los?« hörte ich Josefina besorgt fragen. Ein stumpfer Frauenschrei kam von der anderen Seite. Ich hielt mich weiterhin an meiner Tochter fest und wandte mein Gesicht der Frauenstimme zu. Versuchte, die Fassung zu wahren und war gleichzeitig um einwandfreies Englisch bemüht, was normalerweise nicht das geringste Problem für mich ist.

»Bitte entschuldigen Sie, dass ich einfach in Ihren Garten eingedrungen bin. Ich weiß nicht, was in mich gefahren ist. Es tut mir leid. Ich bin Liliana Lünteborg, die Portemonnaie-Besitzerin. Das ist meine Tochter Josefina. Es tut mir so leid, ich wollte Sie nicht erschrecken.«

Die Frau wirkte genauso verstört wie ich es war. Sie starrte mich aus großen grünen Augen an. Sie war um die 60 Jahre alt und strahlte so unglaublich viel Wärme aus. Ihr rotes Haar trug sie hochgesteckt.

Sie schien nicht sauer auf mich zu sein, sondern lächelte, nachdem sie sich wieder gesammelt hatte. Streckte uns ihre Hand entgegen.

»Sharon Wyler. Kommen Sie rein.« Es war, als versuchte sie, sich am Ärmel zu reißen, Ruhe zu bewahren, während sie uns einen Platz auf der Terrasse anbot. Mit dem Hinweis, sie käme sofort wieder zu uns, eilte sie ins Haus. Kam mit meiner Geldbörse und einem alten Foto zurück. Als sie mir das Foto reichte, füllten sich ihre Augen mit Tränen.

»Schauen Sie sich das Bild an.« Ihre Stimme zitterte.

Die Ähnlichkeit des Kindes auf dem Foto mit meiner Josefina war haarsträubend.

»Wer ist das?« wollte ich wissen.

»Meine kleine Tochter. Wir haben sie verloren.«

Sie wischte sich mit der Hand über die Wangen.

»Auf dem Foto ist sie deutlich jünger als du«, sagte sie, an Josefina gewandt.

Mir gruselte.

»Und auch mit Ihnen hat meine Tochter viel gemein.« Sie zeigte auf das Foto. »Sehen Sie, das ist ihre Kinnpartie, Ihre Form der Augen.«

»Ich bin sprachlos«, vermochte ich nur zu erwidern. Und das stimmte. Ein schwerer Kloß wuchs in meinem Hals.

Ihr Mann sei momentan ein paar Besorgungen machen, aber er würde gleich zurückkehren. Er würde außer sich sein vor Freude. Sie habe immer an gewisse Fügungen des Schicksals geglaubt. Irgendwie erfreut und verwirrt und nervös, mit den Emotionen der ganzen Welt sagte sie das. Nein, bestimmt irre sie sich diesmal nicht. Dieses Mal nicht!

Ich war versunken in der Betrachtung des Fotos. Unheimlich, wie sehr das kleine Mädchen meiner Josefina glich. Und in der Tat hatte es auch einen Teil meiner Gesichtszüge. Die Frau hatte nicht Unrecht. Aber was bedeutete das? Eine dumpfe Ahnung sprang mir in die Magengrube, welche sich auf so ungewisse Pfosten stützte, dass sie unmöglich der Wahrheit nahe kommen konnte.

»Was ist hier geschehen?« fragte ich leise, während ich Josefinas Hand fest in meiner hielt, damit ich Halt spürte.

Sharon Wyler nickte nur. Sie senkte die Lider, kniff die Lippen zusammen. »Warten Sie.« Sie drehte sich abrupt um und spurtete noch einmal ins Haus. Josefina und ich wechselten einen fragenden Blick, sprachen aber kein Wort. Als die Frau nach ein paar Minuten zurückkehrte, reichte sie mir einen Artikel aus einer alten Zeitung.

»Das ist 36 Jahre her. Ich habe immer gespürt, dass meine kleine Tochter noch lebt. So etwas fühlt man als Mutter. Man fühlt es doch einfach!«

Mit bebenden Fingern hielt ich das Papier und las:

Pelsall/Walsall: Imbisswagen und Haddocks in Flammen: Eine Imbissbude neben dem Zeitschriften- und Tabakladen Haddocks in der Mill Road ist am Freitagvormittag in Flammen aufgegangen. Kurz nach 11.00 Uhr brach aus noch nicht gänzlich geklärten Gründen ein starkes Feuer in der Hähnchenbude aus, welches sich unmittelbar auf das nur wenige Meter entfernte Geschäftsgebäude ausweitete, das trotz intensiver Bemühungen der Feuerwehr komplett ausbrannte.

Laut Aussage des Polizeisprechers Jonathan Hurst wurden unter den Trümmern des Zeitungsgeschäfts zwei bis zur Unkenntlichkeit verbrannte Personen gefunden, die bisher noch nicht identifiziert wurden. Des Weiteren wird ein kleines Mädchen vermisst. Anhand der am Unglücksort gefundenen Halskette, die dem Kind gehört, muss zwingend davon ausgegangen werden, dass die Leiche des Mädchens noch unter den Trümmern verborgen liegt. Es handelt sich um die vierjährige Hollie Wyler, die unmittelbar nach dem Brand als vermisst gemeldet wurde und deren Eltern jetzt bestätigten, dass das in unmittelbarer Nähe des Unglücksortes gefundene Dreirad ihrem Kind gehört, welches ohne Erlaubnis mit diesem Rädchen öfter zu Haddocks nebenan gefahren sei.

»Die Leiche unserer Tochter wurde nie gefunden. Es musste etwas anderes mit ihr passiert sein«, schluchzte Sharon Wyler.

Die Spinnweben, die sich soeben vor mir aufgetan hatten...

Meine Beobachtungen in diesem Garten hier, die ich gerade noch für Wahnvorstellungen hielt ..., es waren Erinnerungen, die meinem Unterbewusstsein entwichen sind. Erinnerungen, aus Spinnennetzen und Schattenrissen zu Bildern gewebt, die mir erzählten, dass ich als kleines Kind von vier Jahren einmal hier gelebt hatte.

Mein Dreirad. Haddocks. Die Bonbons. Das riesige Feuer. MEINE ERINNERUNGEN! Diese Frau, die mich in ein Auto verschleppt hat. Der Mann, der das Auto fuhr – mein Vater – wie ich all die Jahre dachte. Diese Leute hatte ich für meine Eltern gehalten. Mein Gott! Es war jetzt alles so klar. Ich war als Vierjährige von einem gewissenlosen Ehepaar gekidnappt worden und unrechtmäßig in Deutschland aufgewachsen.

»Mama!« Das Wort entwich nicht Josefinas Lippen, sondern krabbelte aus meinem Mund. Zutiefst erschüttert stand ich auf und presste mich weinend an meine richtige Mutter.

DIE GREISIN

Schon wieder wanderte die junge Frau mit dem maisgelben Pagenkopf auf dem Balkon aufgeregt von einem zum anderen Ende, hin und her, auf und ab. Seit vier Tagen tat sie das, und es war immer die gleiche hektische Manier, mit der sie ihre Schritte lenkte. Es war immer das gleiche gejagte Mienenspiel, das sie dabei spazieren trug, während sie ihr Handy ans Ohr hielt. Jedenfalls soweit Lioba es unterhalb ihrer dunklen Sonnenbrille erkennen konnte. Es war immer die gleiche Uhrzeit. Und immer verschwand die Frau kurz im Haus, nachdem sie ihr Handy auf dem Balkontischchen abgelegt hatte, um wenig später mit einer hochbetagten Dame in einem Rollstuhl wieder hervorzutreten. Die greise Frau hatte dünnes, wirres, ganz weißes Haar und schlief, bis unters Kinn mit einer schwarz-weiß-karierten Decke verhüllt, den Kopf auf ein violettes Kissen geneigt, welches man ihr in den Nacken geschoben hatte, eine Zeitlang auf dem Balkon unter der morgendlichen Septembersonne. Die Frau mit dem maisgelben Haaren zog sich unterdessen stets ins Haus zurück.

Auf seltsame Art fasziniert, beobachtete Lioba die Szene jeden Morgen von dem kleinen Balkon ihres Hotels aus, auf dem sie so gern ihr Frühstück einnahm. Der hohe sizilianische Bau mit der zartblauen Fassade und den zahlreichen metallenen Erkern direkt gegenüber inspirierte sie zu spannenden Phantasien über die Menschen, die dort ihr Leben verbrachten.

Seit einer Woche war Lioba nun in Palermo, teils, um ein bisschen auszuspannen und sich die unzähligen Sehenswürdigkeiten anzusehen, teils, um für ihre deutsche Firma persönliche Exportverhandlungen mit einem in der Nähe von Palermo ansässigen landwirtschaftlichen Betrieb zu einem guten Ergebnis zu führen.

Sie hatte recht gut gefrühstückt. Zwei mit Pudding gefüllte Croissants, ein Ei und ein Schinken-Toast, denn heute Vormittag stand die letzte Verhandlung mit dem Landwirtschaftsbetrieb an, und sie brauchte Energie. Sie musste sich unbedingt noch nützliche Notizen machen für diese Besprechung. Gedankenverloren kaute sie auf ihrem Bleistift herum, während sie bereits auf den vierten Cappuccino wartete.

Plötzlich fuhr sie zusammen. Ihr Blick flog hinüber zum Balkon, auf dem der Rollstuhl mit der in der Decke eingelullten alten Frau einsam verweilte. Die Frau mit den gelben Haaren war schon wieder hineingegangen. Der scharfe donnernde Ton einer Männerstimme preschte von einem der innen liegenden Zimmer von gegenüber zu Lioba vor.

»Wir hätten nur das Geld gebraucht, und was machst du? Richtest ein Riesen-Schlamassel an, und ich soll dir jetzt die Brühe wieder klarmachen?!«

»Es tut mir leid...« Lioba hörte eine Frau – die mit dem maisgelben Haar? – laut schluchzen. Aber sie konnte nicht weiter verstehen, was sie noch sagte.

Der Cappuccino wurde gebracht.

»Sagen Sie, wer wohnt eigentlich dort drüben in der Wohnung? Wissen Sie das zufällig?« Lioba wies mit dem Kopf in die entsprechende Richtung und war erleichtert, dass ihr Italienisch so flüssig klang.

»In dem Haus wohnen sehr viele betagte Menschen mit dicken Bankkonten. Ich kenne natürlich nicht alle, aber da direkt gegenüber« – die Service-Dame zeigte mit dem Finger genau auf die Wohnung, die Lioba meinte –»da wohnt die alte Antoinette. Die muss über neunzig sein. Ihr verstorbener Mann war seinerzeit ein hoch angesehener sizilianischer Politiker. Der ist vor zwanzig Jahren schon verstorben. Und Antoinette ist schon beeindruckend. Sie lebt allein, hat keine Kinder oder andere Verwandten und kommt noch so hervorragend zurecht mit allem. Obwohl sie ja doch schon ziemlich baufällig ist«, fügte sie frech mit einem Zwinkern hinzu.

Lioba sah mit einem Erstaunen auf. »Baufällig ist gut. Sie sitzt im Rollstuhl. Wie kann sie da allein für sich sorgen?«

»Nein, das kann nicht sein. Seit wann soll sie denn im Rollstuhl sitzen? Wie kommen Sie nur darauf?«

»Na, sehen Sie doch.« Lioba wies aufgebracht auf den gegenüberliegenden Balkon. Aber die Alte und ihr Rollstuhl waren nicht mehr da.

Die Kellnerin zuckte mit den Schultern und machte sich ohne Worte an der Espressomaschine hinter der Bar zu schaffen.

Lioba nahm den letzten Schluck aus ihrer Tasse, wischte sich den Mund ab und stand auf, nicht ohne noch einmal zur Wohnung auf der anderen Straßenseite herüberzublicken. »Seltsam«, murmelte sie vor sich hin. »Da müsste doch mal jemand nach dem Rechten sehen.« Und dann erspähte sie den Rollstuhl unten am Straßenrand. Er wurde soeben von der gelbhaarigen Frau und einem etwa 40-jährigen Mann mit Hut und Pferdeschwanz in einen weißen Mitsubishi Pajero gehievt.

Lioba spürte einen inneren Drang, die Treppen hinunterzulaufen und die Leute zu fragen ... ja, was? Sie nahm sich zusammen. Und außerdem hatte sie sowieso keine Zeit hierzu, denn die Export-Besprechung wartete und sie musste den Bus noch erreichen.

Kopfschüttelnd über den ungewohnten Straßenlärm einer italienischen Großstadt sowie das Hupkonzert der sizilianischen Autofahrer und trotzdem still lächelnd über das quirlige Leben in Palermos Straßen, spazierte Lioba durch die Altstadt zur Bushaltestelle. Dort angekommen, vibrierte gleich ihr Handy.

»Senta, Signora! Wir müssen den Termin leider auf heute Nachmittag verschieben. Unser Partner, der wie Sie wissen, auch an dem Gespräch teilhaben will, ist heute Morgen unvorhergesehen verhindert. Ich hoffe, es macht Ihnen nichts aus«, meldete sich eine Stimme, die deutsch sprach, aber einen deutlich italienischen Touch aufwies.

»Nein, nein, schon okay«, antwortete Lioba und vereinbarte auf Italienisch – denn sie wollte ihre Sache hier perfekt machen – eine neue Zeit für den Nachmittag mit diesem sizilianischen Geschäftsmann.

Also hatte sie heute den ganzen Vormittag frei. Die alte Antoinette ging ihr nicht aus dem Kopf, aber warum? Schließlich kannte sie die Dame gar nicht. Irgendetwas war da, was sie beunruhigte. Dennoch beschloss sie, in der nicht geplanten Freizeit, die sie gerade überfallen hatte, endlich einmal den berühmten Katakomben in Palermo einen Besuch abzustatten. Sie hatte schon viel davon gehört und war besonders neugierig auf die Mumie der kleinen Rosalie. Sie machte sich zu Fuß auf den Weg, eine halbe Stunde würde der Marsch ungefähr dauern und ein bisschen Bewegung konnte nicht schaden. Das Kapuzinerkloster, in dem mehr als zweitausend halbverweste Leichen in ihren besten Kleidern ausgestellt sein sollten, befand sich hinter der doch relativ sicheren Altstadt. Liobas letzte Wegabbiegung führte durch eine schmuddelige Gasse, in der sich Leute aufhielten, vor denen sie sich regelrecht fürchtete. Sie beschleunigte ihre Schritte. Als sie das große Schild INGRESSO CATACOMBE PALERMO sichtete, beruhigte sich ihr Herzschlag. Auf dem Platz vor dem Kloster pöbelten sich mehrere junge Männer derbe an. Lioba schob sich, ohne nach rechts oder links zu schauen, schnell zum Eingang vor.

An der Kasse war niemand vor ihr. Ein etwa 30-Jähriger spielte gelangweilt mit seinem Smartphone herum und gab ihr die Eintrittskarte heraus. »Nicht viel los um diese Zeit, Signora. Die meisten Besucher kommen nachmittags oder am Wochenende. Ich hoffe, Sie sind tough genug, allein durch die Korridore da unten zu laufen.« Er grinste keck.

»Muss ich wohl«, sagte Lioba, und ihr Herz begann aufs Neue loszupoltern.

Sie stieg die Treppen hinunter in die Katakomben. Während sie dort bedächtig durch die Gänge schlich, fühlte sie sich beobachtet von den ausgestellten Leichen, die mit weit aufgerissenen Mündern auf sie herabblickten oder aufgebahrt dalagen. Teilweise hatten die Toten ihre Haare noch, manche zeigten ihre zwar eingefallenen, aber gut erhaltenen Gesichter. Lioba erspähte tatsächlich keinen Besucher hier unten, keinen lebenden Menschen. Sie war wohl die einzige lebendige Person, die jetzt schaudernd hier unten umherschlich und sich vor allem deswegen unendlich gruselte, weil sie ganz allein in diesen dunklen schaurigen Gewölben war. Offensichtlich hatte sie sich wirklich den falschen Zeitpunkt für einen Besuch in dieser Kellergesellschaft hier ausgesucht. Dennoch trottete sie weiter, durch den Korridor der Männer-Mumien, den der Frauen, den Gang der Priester, den der Advokaten und Ärzte. Nur den Kellerflügel, in dem die Kinder zur Schau standen, mied sie. Das ging gar nicht. Außer Rosalie Lombardo. Die musste sie sehen. Die wollte sie sehen. Und am Ende stand sie vor deren Glaskasten, wagte einen bangen Blick hinein und stockte sofort. Drehte sich um. Aus dem Seitentrakt entwich ein polterndes Geräusch, so als hätte jemand einen Schrank zu feste gegen die Wand gerückt. Unmittelbar darauf hörte sie Schritte davoneilen. Frauenschritte. War sie doch nicht alleine hier? Für einen Moment blieb sie starr, fasste sich dann aber wieder. Natürlich standen die Katakomben auch anderen Besuchern zur Verfügung. Es gab keinen Grund zur Panik. Schlecht war das, sich so zu ängstigen. Ganz schlecht. Sie beschimpfte sich selbst, gab sich einen Ruck und wollte nachschauen. Ging bedächtig in die Richtung, aus der sie das Gepolter hatte kommen hören. Wieder zurück in einen Korridor voller auf sie herab starrender Mumien. Schlagartig erlahmte sie, zögerte zunächst, schritt dann aber langsam weiter vorwärts, auf einen Rollstuhl zu, der neben einem aufgebahrten Priester stand. Dann schrie Lioba. Schrie so laut, dass die feuchten Wände in diesem Kellergewölbe den Schrei auffingen und die Treppe hinauftrugen in die warme Septemberluft von Palermo. Nach einer Ewigkeit, die tatsächlich nur etwa drei Minuten entsprach, fand Lioba zum Ausgang zurück. Der Kassierer kam ihr teilnahmslos entgegen.

»Starke Nerven braucht es da unten schon, aber so schlimm, Signora?«

»Haben Sie heute eine alte Dame in einem Rollstuhl, begleitet von einem Paar hineingelassen?« fuhr Lioba ihn mit zittriger Stimme an.

»Die waren die ersten heute Morgen. Danach kamen nur Sie.«

Lioba warf fiebrig eine Strähne ihres Haares zurück. »Und haben Sie nicht mitbekommen, dass die das Gebäude ohne Rollstuhl wieder verlassen haben?«

»Nein. Wieso sollte ich? Wie gesagt, morgens ist hier nichts los. Ich sehe in Abständen nach, ob jemand hineinwill und kassiere. Wann jemand die Gewölbe wieder verlässt, interessiert mich nicht. Ich sitze morgens auch nicht nur blöd an der Kasse herum. Was ist denn mit Ihnen? Sie sind ja völlig aufgelöst.«

Draußen quietschten Autoreifen. Lioba hastete vor die Tür. Sie blickte einem weißen Pajero hinterher, der eilig davonbrauste. Womöglich hatte dieser schon hier geparkt, als sie den Eingang betreten hatte und nur schnell an den pöbelnden Jungen hatte vorbei wollen. Darum hatte sie ihn nicht hier parken sehen. Sie lief wieder hinein.

»Kommen Sie mit!« Mit allerhöchstem psychischem Kraftaufwand zerrte Lioba den Kassierer an der Hand die Treppe in die Katakomben hinunter — trotz aller Scheu und Anspannung. Endlich erreichten sie den Rollstuhl, aus dem ihnen Antoinette mit maskenhafter

Miene ins Gesicht spähte. Sie roch faulig. Die schwarz-weiß-karierte Decke hatte sich halbseitig gelöst. Antoinette war nackt. Ihr Bauch hatte die typische Farbe des beginnenden Fäulnisprozesses bereits angenommen, und am Hals zeigten sich Würgemale. Sie musste schon länger tot sein. Schon ein paar Tage.

LIEBE LESERINNEN UND LESER,

wenn euch/Ihnen diese Geschichten gefallen haben, freue ich mich über eine Rückmeldung, sehr gerne auch in Form einer Bewertung bei Thalia, Amazon, buecher.de. Ganz lieben Dank!

Janne Loy

pioggiadistelle@gmx.de